왜 아마존이 파괴되면 안 되나요?

왜 아마존이 파괴되면 안 되나요?

1판 1쇄 펴냄 2012년 5월 30일
1판 5쇄 펴냄 2014년 11월 27일

지은이 이아연
그린이 손진주
편집 박경화, 최민경, 황설경, 이은영, 유나리
마케팅 송만석, 한아름

펴낸이 하진석
펴낸곳 참돌어린이

주소 서울시 마포구 독막로 3길 8
전화 02 - 518 - 3919
팩스 0505 - 318 - 3919
이메일 book@charmdol.com
신고번호 제313 - 2011 - 157호
신고일자 2011년 5월 30일

ISBN 978 - 89 - 97592 - 04 - 3 64400

왜 아마존이 파괴되면 안 되나요?

이아연 지음 · 손진주 그림

참돌어린이

들어가는 글

여러분, 가만히 귀 기울여 보세요. 아마존이 아파하는 소리가 들리지 않나요?

아마존은 인류가 생산해 내는 엄청난 양의 탄산가스를 흡수해서 걸러 내기 때문에 '지구의 허파'라고 불리고 있어요. 그러나 1960년부터 시작된 아마존 개발 정책 때문에 지난 40년간 크게 훼손되었습니다.

개발업자들은 지금 이 순간에도 아마존의 천연자원을 얻으려고 밀림 곳곳에서 벌목을 하고 광산을 개발하며 도로를 건설하고 있어요. 꾸준히 계속된 이 작업 때문에 아마존의 희귀 나무들과 동물들은 빠른 속도로 사라져 가고 있답니다.

여러분은 이렇게 말할 수도 있어요.

"저 먼 곳에서 일어나는 일이 우리와 무슨 상관이 있나요?"

하지만 절대 그렇지 않아요. 우리가 숨 쉬는 공기, 마시는 물, 살아가는 땅은 하나이기 때문이에요.

아마존 열대 우림이 사라지고 나면 땅은 가혹한 태양열을 그대로 받아 말라 버릴 거예요. 그러다 다시 폭우가 한 번 내리면 비옥한 토양은 모조리 씻겨 나가고 대지는 생명이 살지 못하는 사막으로 변하고 말겠죠.

이러한 아마존의 훼손을 막기 위해 '그린피스'와 '열대 우림 보호를 위한 행동 네트워크(RAN)'같은 세계의 환경 단체들이 아마존 보호에 앞장서고 있지만 그들만으로는 역부족이에요. 그렇기 때문에 무엇보다도 자라나는 어린이이자 세상의 주인인 여러분의 관심이 필요해요.

여기, 여러분과 닮은 친구 송이가 아마존으로 들어갑니다. 그곳에서 리오와 모노를 만나 신기한 동식물이 사는 열대 우림을 누벼요. 그러는 동안 아마존에서 일어나는 많은 일들을 보고 환경을 지키기 위해 할 수 있는 것들에 대해 배우게 돼요. 그리고 왜 아마존이 파괴되면 안 되는지 깨닫게 됩니다.

여러분, 입이 커다란 카이만 악어가 살고 무시무시한 톱으로 나무를 베어 가는 벌목꾼들이 있는 아마존으로 모험을 떠날 준비가 되었나요?

2012년 5월, 신록이 가득한 봄에
지은이 이아연

차례

송이가 사라졌어요

송이는 방바닥에 엎드려 숙제로 낼 그림을 그리고 있었어요.

"왜 자꾸 삐뚤게 그려지는 거야?"

보름달이 동그랗게 그려지지 않아 짜증이 난 송이는 종이를 찢어서 던져 버렸어요. 바닥에는 이미 송이가 아무렇게나 찢은 종잇장이 잔뜩 쌓여 있었습니다.

"에잇, 재미없어!"

송이는 뾰족한 색연필을 나무 책상에 던져 놓고 방을 나왔어요.

아빠와 엄마는 거실 소파에 앉아 텔레비전을 보고 계셨어요. 송이는 방보다 거실이 더 춥게 느껴졌어요.

"아빠, 보일러 올려 주세요."

아빠는 반팔 티셔츠에 반바지 차림인 송이를 보며 말했어요.

"온도를 높이기 전에 옷을 갈아입는 게 어떠니? 긴팔 티셔츠에 긴 바지를 입으면 더 따뜻할 거야. 그럼 에너지도 아낄 수 있으니 일석이조이지."

"싫어요, 긴 옷은 답답하단 말이에요. 추우니까 빨리 보일러 올려 주세요."

아빠는 한숨을 쉬며 보일러 온도를 높였습니다. 엄마는 송이를 불렀어요.

"송이야, 여기 와서 텔레비전 좀 보렴. 우리 송이도 같이 보면 좋을 것 같구나."

엄마 말씀에 송이는 텔레비전 화면을 보았어요. 그리고 거기에 나오는 원주민들의 옷차림을 보고 키득거렸어요.

"저게 뭐야? 옷도 제대로 안 입고."

남자뿐만 아니라 여자도 허리에만 간단하게 천을 둘렀을 뿐 거의 발가벗고 있었어요. 그런 옷차림으로 남자들은 활을 쏘며 동물을 사

냥하러 뛰어다녔고, 여자들은 아이에게 젖을 주거나 음식을 만들었
어요.

"큭큭!"

송이가 계속 키득거리자 아빠는 말했어요.

"우리 송이에겐 저런 옷차림이 우습고 이상해 보일지도 모르지만
저 사람들에게는 가장 편하고 일반적인 복장이란다."

"저기가 어딘데요?"

"아마존이란 곳이야. 한국에서 하루 종일 비행기를 타고 가도 도착
할 수 없을 만큼 멀지. 아마존은 늘 덥고 습해서 원주민들이 저렇게
가벼운 옷차림을 하는 거란다."

송이는 교과서에서 본 사진을 떠올렸어요.

"아마존? 나무랑 동물이 엄청 많은 곳 아니
에요?"

"맞아. 하지만 요즘은 많이 파괴돼서

예전처럼 나무와 동물이 많지 않단다."

엄마는 부족들이 눈물을 흘리는 모습을 보며 함께 눈물을 흘렸어요. 송이는 엄마가 왜 우는지 이해할 수 없었어요.

텔레비전을 보다가 지루해진 송이는 주방으로 가 냉장고의 문을 열었어요. 그렇게 한참을 서 있자 엄마가 말했어요.

"송이야, 뭘 찾는 거니? 냉장고를 그렇게 계속 열어 두면 안 돼."

"먹고 싶은 게 안 보여서 그래요."

송이는 엄마의 말을 무시하고 툴툴거리면서 냉장고 안을 뒤적였습니다.

"햄버거 없어요?"

"나물 무쳐 났단다. 그거랑 같이 밥 먹으렴."

"싫어, 싫어. 나물은 맛없단 말이에요."

"엄마가 맛있게 무쳐 났어."

"아, 싫어요! 햄버거 주세요. 햄버거!"

송이가 떼를 쓰자 엄마는 조금 화난 표정이 되었어요.

"갑자기 햄버거가 어디서 나니?"

엄마의 꾸지람에 심통이 난 송이는 입을 삐죽거리며 우유를 꺼내 들었습니다. 그리고 컵에 우유를 따르다가 그만 손이 미끄러져 우유 곽을 놓치고 말았어요. 곽이 바닥에 떨어지자 우유가 쏟아져 나왔습니다. 송이는 짜증이 났는지 두루마리 화장지를 마구 풀어 바닥에 던졌어요.

"지금 뭐하는 거니?"

그 모습을 지켜보던 엄마가 송이에게 물었어요.

"바닥에 우유 쏟아서 닦는 건데요?"

"화장지를 그렇게 막 쓰면 어떡하니? 걸레로 닦아야지."

송이는 걸레의 축축한 느낌이 싫었어요.

"어차피 닦는 건 마찬가지잖아요."

"걸레는 빨면 다시 쓸 수 있지만 화장지는 그렇지 않잖아. 화장지를 만드는 데 쓰이는 나무들을 생각해 보렴."

"아차! 내일 가져갈 준비물 있는데 안 챙겼네. 까먹기 전에 얼른 챙겨야겠다."

송이는 엄마의 잔소리를 더는 듣고 싶지 않아서 바닥을 대충 닦고 도망치듯 방으로 들어갔습니다.

한참 준비물을 챙기던 송이는 책상에 난 흠집을 보았어요. 아까 송이가 던진 뾰족한 색연필 때문에 패인 것이었습니다.

'조금 지저분해졌네? 뭐, 아빠한테 또 사 달라고 하면 되니까.'

송이는 아깝다거나 속상하다는 생각도 하지 않았어요. 곧바로 아무렇지도 않게 잠자리에 들었습니다.

새벽이었어요. 잠에서 깨어 뒤척이던 송이는 눈을 떴어요. 창밖은 별도 뜨지 않고 깜깜하기만 했어요.

'왜 이렇게 목이 마르지?'

일어나기 귀찮아서 계속 마른침을 삼키던 송이는 결국 몸을 일으켜 세웠습니다. 그리고 발끝을 세워 고양이처럼 살금살금 걸어서 주방으로 향했어요. 부모님이 잠에서 깨어 이 모습을 보면, 음식을 너무 짜게 먹어서 그렇다고 나무라실 게 뻔했거든요.

'지금 물 마시러 가는 걸 알면 분명 잔소리를 하실 거야.'

송이는 엄마가 깰세라 더 조심히 걸었어요. 그리고 냉장고 문을 열던 찰나, 어디선가 흘러나오는 이상한 소리를 들었어요.

"지지지직, 지지지직……."

고개를 돌려 보니, 거실에서 하얀 빛이 새어 나오고 있었습니다.

'이상하다? 텔레비전 안 껐나?'

송이는 거실로 갔어요. 텔레비전 화면 속에는 온갖 나무와 꽃, 동물이 가득 나오고 있었어요. 소리 없이 켜져 있는 텔레비전 화면은 마치 물고기가 유유히 헤엄치는 어항 같았어요.

'왜 소리만 꺼 놓고 전원은 안 끈 거지?'

송이는 리모컨을 들어 전원 버튼을 눌렀어요. 하지만 텔레비전은 꺼지지 않았어요.

'왜 이러지?'

반복해서 리모컨 전원 버튼을 눌러 댔지만 마찬가지였어요.

'뭐야? 리모컨 고장 났나?'

송이는 전원 버튼을 누르려고 텔레비전 가까이에 다가갔어요. 그리고 텔레비전에서 뿜어져 나오는 하얀 빛 때문에 부신 눈을 가늘게 뜨며 전원 버튼을 눌렀습니다.

"지지직!"

전원 버튼에 전기가 통하더니 텔레비전이 송이를 잡아당기기 시작했어요. 마치 강력한 진공 청소기 속으로 빨려 들어가는 것 같았어요. 도와달라고 소리치려 했지만 목소리가 나오질 않았습니다.

송이는 있는 힘껏 발버둥을 쳤어요.

"팟!"

텔레비전이 꺼진 거실은 다시 어두워졌어요. 거실에는 아무
도 없었어요.

너는 누구니?

나뭇잎에서 물방울이 톡, 떨어졌어요.

"앗, 차가워!"

볼에 떨어진 물방울을 닦으며 송이는 눈을 떴어요. 가지와 잎 들로 무성하게 우거진 숲의 지붕을 멍하니 올려다보던 송이는 몸을 일으켜 자리에서 일어났어요.

"여긴 어디지?"

송이가 깨어난 곳은 어둡고, 축축한 흙냄새가 났어요. 무성하게 우거진 나뭇잎을 뚫지 못해서인지, 바닥에는 햇빛 한 점 닿지 않았어요.

"아무도 안 계세요?"

송이는 큰 목소리로 외쳤어요. 숲 속에서 송이의 목소리만 메아리
칠 뿐, 아무도 대답하지 않았어요. 그와 동시에 멀리에서 화려한 색깔
이 눈부시게 아름다운 새들이 날아올랐습니다.

'어쩌다 여기 오게 된 거지?'

송이는 지난밤 일을 떠올렸어요.

'텔레비전 전원 버튼을 누른 것까진 기억이 나는데……'

그때였어요. 작은 원숭이가 이 가지에서 저 가지로 그네를 타며 나
무를 옮겨 다니지 뭐예요! 아주 빠르고 날렵하게 옮겨 다니던 원숭이
는 송이 앞으로 순식간에 다가왔어요.

"어머나!"

갈색 원숭이는 송이의 품으로 뛰어들었어요. 송이의 품에 쏙 들어
올 정도로 자그마한 몸집이었어요. 원숭이는 자신의 몸길이만큼 긴
꼬리로 송이의 팔을 간질였습니다.

"모노, 어디 있니? 모노!"

숲 너머에서 누군가의 목소리가 들려오자 송이의 품속에 있던 원숭
이는 끽끽거리며 울었어요.

이윽고 수풀을 헤치며 한 남자아이가 나왔어요. 소매 없는 상의에 반바지를 입은 남자아이를 본 송이는 뒷걸음질 쳤어요.

원숭이는 냉큼 송이의 품을 빠져나가더니 남자아이의 어깨에 올라탔어요.
"넌 누구니?"
송이의 질문에 남자아이는 자신의 어깨에 앉아 있는 원숭이를 쓰다듬으며 대답했어요.

"너야말로 누구지? 너도 이곳을 파괴하러 온 거야?"

"무슨 얘기를 하는 거야?"

"너도 이곳을 파괴하러 왔냐고!"

남자아이는 경계하는 눈빛으로 송이를 쳐다보았어요. 송이는 오해를 풀어야겠다고 생각했어요.

"내 이름은 한송이야. 대한민국에 살고 있고. 그리고 나도 어떻게 여기로 오게 된 건지 모르겠어."

송이는 낯선 곳에 자기 혼자 와 있다는 생각에 자리에 주저앉아 울음을 터뜨렸어요. 아빠, 엄마, 친구들이 보고 싶었어요. 한참 울던 송이는 혹시 꿈은 아닐까 싶어 볼을 꼬집어 보았어요.

"아픈 걸 보니 꿈은 아닌가 봐. 어쩌면 좋아, 엉엉……."

"그렇구나. 아까 소리 질러서 미안해."

남자아이가 송이에게 조심스레 손을 내밀었어요. 송이는 그 손을 잡고 일어났어요.

"내 이름은 리오야."

하지만 송이는 여전히 겁에 질린 표정이었어요. 리오의 어깨 위에 올라가 있던 모노가 그런 송이의 얼굴을 꼬리로 달래듯이 부드럽게 간질였습니다.

"이 친구는 피그미 마모셋이야. 세상에서 가장 작은 원숭이지. 이름은 모노라고 해."

"그만해, 모노. 간지럽잖아. 하하하."

송이가 웃자 리오도 웃으며 말했어요.

"소리 질러서 미안해. 난 너도 다른 어른들처럼 여기를 파괴하러 온 줄 알았어."

"난 여기가 어딘지도 모른단 말이야."

"정말? 어딘지도 모르는데 여기 와 있단 말이야?"

"그래!"

송이가 다시 울먹이자 당황한 리오는 얼른 달래기 시작했어요.

"울지 마. 내가 알려 줄게. 여긴 아마존이야."

"아마존이라고?"

송이는 푸른 잎과 나뭇가지 들로 이루어져 초록빛 바다처럼 넓게 펼쳐진 숲을 둘러보았어요.

"사진으로 보던 것보다 훨씬 더 크구나. 내가 진짜 아마존에 오게 되다니……."

"그런데 여긴 어떻게 온 거야? 비행기 타고 왔니? 같이 온 사람들은 어디 있니?"

"없어. 나도 내가 여기 어떻게 온 건지 잘 모르겠어. 텔레비전 전원 버튼을 눌렀는데 갑자기 깜깜해졌어. 그리고 눈을 뜨니 여기에 있더라고."

리오도 이유를 모르겠다는 듯 어깨를 으쓱였습니다.

"나는 가족을 만나러 가는 길이야."

"가족이 어디 있는데?"

"밀림 안에 살아. 내 가족은 야노마미 족이거든."

송이는 텔레비전에서 보았던 부족을 떠올렸어요. 그리고 리오의 옷차림을 살펴보았어요.

"너는 왜 옷을 다 입고 있는 거야? 원주민들은 옷을 거의 안 입지 않니?"

"난 브라질에 살고 있어. 그래서 원주민처럼 입진 않아."

"왜 가족과 떨어져 있는 거야?"

"지금 가족은 우리 부족을 이용하려는 사람들과 싸우고 있거든. 그래서 내가 위험해질까 봐 날 멀리 보냈어. 하지만 난 더 이상 어린아

이가 아니니까 가족을 도우러 다시 돌아가는 길이야."

"왜 사람들이 너희 부족을 이용하려고 하는데?"

"금광을 캐고 나무를 베어 가려는 거야."

"나무가 이렇게나 많은데 뭐가 걱정이야. 그리고 금을 캐서 돈을 벌면 너희도 좋은 거 아니야?"

"그렇지 않아. 우리는 우리가 먹은 만큼 다시 심고 가꾸고 있어. 무분별하게 가져가려고만 한다면 아마존은 파괴될 거야."

"글쎄, 난 잘 모르겠어. 난 아직 초등학생이고, 아마존을 하나도 파괴하지 않았단 말야."

"과연 그럴까? 넌 아마존에 대해 뭘 알고 있니?"

"나무가 많고 동물이 많다는 것?"

"또?"

송이는 소매를 걷으며 말했어요.

"글쎄. 엄청 덥다는 거? 그런데 왜 이렇게 계속 비가 오니?"

리오는 송이의 머리칼에 묻은 물방울을 털어 주며 대답했어요.

"일반적으로 연평균 기온 18도 이상인 곳을 열대 지방이라고 해. 1년 내내 여름이라고 할 수 있지. 열대 지방은 다른 곳에 비해 비가 많이 와. 아마존은 연평균 기온 26도 이상이고 온도 변화가 거의 없으니 전형적인 열대 지방이라고 보면 돼."

"도대체 이런 곳에 어떻게 동물이랑 사람이 살아?"

"그건 아마존을 모르니까 하는 소리야. 아마존에는 지구 생물의 80퍼센트가 살고 있어. 200만여 종이나 되는 동식물들이 살고 있으니

생물의 보물 창고라고 할 수 있지."

리오는 송이에게 알려 주어야 할 것이 많다고 생각했어요. 그래서 한참 동안 고민하던 끝에 송이에게 제안했습니다.

"내가 널 도와줄 수 있을 것 같아."

"어떻게?"

"아마존의 강 어딘가에는 소원을 들어주는 분홍 돌고래가 산다고 해. 우리는 그 돌고래를 보뚜라고 불러."

"그런데?"

"보뚜를 찾아서 너의 소원을 빌어 보면 어떨까? 네가 집으로 돌아 갈 수 있게 해 달라고 말이야."

"정말? 그럼 빨리 보뚜를 만나러 가자."

"하지만 난 보뚜가 어디 사는지 몰라. 아마 우리 부족의 할아버지는 알고 계실 거야. 할아버지는 아마존에 관해 모르는 것이 없거든. 나와 함께 우리 부족을 만나러 가자."

송이는 잠시 망설였어요. 잘 모르는 아이와 함께 여행하는 것이 겁 났거든요. 하지만 혼자 이곳에 남겨져 있는 것은 더 무서웠습니다. 그 리고 리오의 얘기를 들으니 아마존에 대해 좀 더 알고 싶어졌습니다.

"좋아. 함께 가겠어. 아마존에 대해서 더 알려 줘."

"자, 그럼 가자!"

송이는 리오가 건넨 손을 힘차게 맞잡았습니다.

지구 온난화의 원인

아마존 열대 우림은 매일 비가 와서 공기 중의 습도가 매우 높아요. 이런 기후 조건이라야만 열대 우림이 만들어질 수 있기 때문이에요.

이곳에 사는 나무들은 대체로 잎이 넓고 푸르러요. 뿐만 아니라 나무를 타고 많은 덩굴 식물들이 자란답니다.

숲의 윗부분에는 키가 큰 나무들이 빽빽하게 들어서 있어요. 밀림의 나무 중에는 키가 90미터에 둘레가 12미터나 되는 것도 있답니다. 이렇게 키가 큰 나무 꼭대기의 가지와 잎들이 무성하게 우거져 숲의 지붕을 만들어요. 숲의 아랫부분에는 이끼, 고사리 같은 양치류 등이 자라요. 나무들이 울창해서 햇빛이 바닥까지 오질 못하기 때문이에요.

아마존 열대 우림은 지구 전체에 영향을 주고 있어요. 그런데 현대에 들어와서는 매년 상당한 규모의 열대 우림이 사라지고, 동식물이 멸종되어 가고 있어요. 그렇다 보니 지구 대기 중의 이산화탄소 제거 능력이 떨어지고, 지구 온난화 현상은 더욱 심해지게 되었지요. 뿐만 아니에요. 이산화탄소의 증가 때문에 지구 온난화로 바다의 온도도 오르고 있어요.

열대 바다에는 이산화탄소를 줄여 주는 식물성 플랑크톤이 있어요. 그런데 바다의 온도 증가로 이러한 식물성 플랑크톤이 급격히 감소하고 있어요.

즉, 아마존 열대 우림 파괴 → 이산화탄소 흡수 저해 → 지구 온난화 → 공기 중 이산화탄소를 바다가 일부 용해 → 이산화탄소로 광합성해 제거하는 식물성 플랑크톤 감소 → 지구 온난화 촉발이라는 악순환이 일어나고 있는 거랍니다.

지구의 허파, 아마존

송이와 리오는 밀림 사이로 구불구불 난 길을 따라 걸었어요. 원숭이 모노는 송이와 리오의 어깨를 번갈아 올라탔어요. 송이는 넝쿨이 수없이 감겨 있는 굵은 나무와 이름 모를 색색의 꽃 들을 구경하며 감탄했습니다.

강한 바람이 불자 나무들의 푸른 잎에 맺혀 있던 물방울들이 후드득 떨어졌어요. 그리고 엄청난 소나기가 내리기 시작했습니다. 리오는 송이의 손목을 잡고 잎이 넓은 나무 밑으로 뛰어갔어요.

"스콜이야. 아마존 강 유역에서는 이렇게 갑자기 소나기가 내리는 경우가 많아. 곧 그칠 테니 걱정 마."

송이는 고개를 들어 하늘을 보았어요. 리오의 말대로 소나기가 금방 그치려는 듯 빗줄기는 어느새 가늘어져 있었어요. 그리고 하늘은 언제 햇볕이 쨍쨍 내리쬐었느냐는 듯 찌뿌둥하기만 했습니다.

계속 내리는 비 때문에 밀림의 길은 질척거렸어요. 자꾸만 땅에 발이 푹푹 빠지자 송이는 짜증이 났어요.

"비는 도대체 언제 그치는 거야?"

리오는 몸을 가누지 못하는 송이를 붙잡아 주었어요.

"이 비는 계속 내리는 게 좋아."

"어째서?"

"이렇게 내린 비가 모여서 아마존의 강물을 만들고, 강물에 섞여 내려간 흙들이 하구에 쌓여 기름진 땅을 만들지. 거기서 자란 나무들이 전 세계 삼림의 30퍼센트를 차지하고 있어."

송이는 놀랐어요. 아마존에 나무가 많다는 것은 알고 있었지만 그렇게나 많을 거라고는 생각하지 못했거든요.

"너는 아마존이 지구의 허파라고 불리는 것을 모르니?"

허파는 동물이나 사람이 호흡할 때 산소를 받아들이고 이산화탄소를 내보내는 기관을 말해요. 아마존은 동물과 인간이 호흡하는 데 꼭 필요한 산소를 대량으로 배출하고 유해한 가스들을 흡수하기 때문에 지구의 허파라고 부른답니다.

송이가 고개를 끄덕이자 리오는 설명을 계속했어요.

"아마존은 지구 산소의 4분의 1가량을 공급하고 2억 톤의 유해 가스를 흡수해서 우리 인간들에게 깨끗한 공기를 제공하는 세계 최고의 숲이야. 그 일은 비를 맞고 잘 자란 아마존 강 유역의 식물들이 없으면 불가능하고. 그런데 비가 내리지 않으면 어떻게 되겠니?"

송이는 옷을 축축하게 만들어 밉기만 하던 비가 고맙게 느껴졌어요. 리오의 어깨에 앉아 있던 모노가 꼬리로 리오의 귀를 긁었어요.

"모노가 배가 고픈 모양인데? 너는 어때?"

리오의 질문에 대답하기도 전에 송이의 배 속에서 꼬르륵 소리가 났습니다. 송이의 얼굴이 붉어지자 리오는 씨익 웃었어요.

리오는 곧바로 나무들을 살폈어요. 그리고 한 나무 앞에 서더니 작은 칼을 꺼내 들고는 나무껍질을 살짝 베어냈어요. 그러자 베어낸 자리에서 하얀 액체가 흘러나왔어요. 리오는 송이에게 가까이 다가오라며 손짓했어요. 그리고 두 손을 모아 액체를 받았습니다. 송이도 리

오를 따라 그 액체를 받았어요.

"꼭 우유처럼 생겼다."

"맞아. 그래서 이름도 우유나무야."

당분, 단백질, 지방이 풍부한 이 액체는 영양가가 우유와 비슷해 아마존 사람들이 우유 대신 즐겨 먹는 것이었어요.

"나무에서 우유가 나오다니, 신기하다."

"겨우 이 정도로 신기하다는 거야? 아마존에는 알려진 새만 해도

1,500종이 넘고 물고기만 해도 3,000종이 넘어. 그뿐인 줄 아니? 코코아, 파인애플, 고무 등 천연 자원이 얼마나 풍부한데."

송이와 리오는 우유나무에서 나오는 액체로 배를 채웠어요. 모노도 맛있는지 연신 나무를 핥았습니다.

어느덧, 사방은 칠흑처럼 깜깜해졌습니다. 수많은 개구리들이 경쟁이라도 하듯이 여기저기서 개굴거렸고 귀뚜라미들도 이에 질세라 귀뚤귀뚤 합창을 했어요. 어두운 밤하늘에서 반딧불이 몇 마리가 별처럼 빛을 반짝이며 떠 다녔습니다.

리오는 얼른 나뭇가지와 넓은 잎으로 집을 지었어요. 비록 엉성하지만 비를 피하기엔 충분했어요. 밤이 되어도 아마존은 여전히 더웠어요. 송이는 송골송골 자꾸만 맺히는 땀을 닦아 내며 투덜댔어요.

"어서 에어컨이 있는 집으로 돌아갔으면 좋겠어."

리오는 송이를 바라보며 물었어요.

"너는 집에서 늘 에어컨을 사용하니?"

"당연하지. 여름에는 하루 종일 켜 놓고 있어. 에어컨 없는 여름은 상상할 수도 없다고."

리오는 그 말에 얼굴을 찌푸렸어요.

"너도 아마존을 파괴하는 사람이구나."

송이는 무슨 말인지 이해할 수 없었어요. 아마존에 와 본 적도 없을 뿐더러 피해를 끼치는 일은 조금도 하지 않았다고 생각했거든요.

"내가 나도 모르게 아마존을 파괴하고 있다는 거야? 그럴 리가!"

"넌 에어컨이 얼마나 많은 전기를 사용하는 줄 알아? 에어컨은 한 번 켤 때마다 선풍기 서른 대에 맞먹는 전기를 사용해."

"그게 어째서 아마존을 파괴한다는 거야?"

"전기는 주로 화력 발전소에서 만들어져. 화력 발전소에서 나온 이산화탄소와 황산화물은 산성비의 원인이 되지. 산성비를 맞고 자란 식물이 잘 자랄 수 있겠어?"

그제야 말뜻을 이해한 송이는 리오의 눈을 피했어요. 리오는 심각한 표정을 지으며 물었습니다.

"설마 보일러도 매일 켜 놓는 건 아니겠지?"

송이는 아무 대답도 할 수 없었어요. 불편하다는 이유로 집에서 늘 소매가 짧은 옷을 입은 채 보일러 온도를 높이던 자신의 모습이 떠올랐기 때문이에요.

"추운 겨울에 보일러를 켜는 것도 나빠?"

"추우면 당연히 온도를 높여야겠지. 하지만 난방 온도를 적당히 낮추는 게 환경뿐만 아니라 건강에도 좋아."

송이도 보일러에서 나온 매연이 대기오염의 원인이 된다는 것은 알고 있었어요. 하지만 그 때문에 아마존이 파괴되고 있다는 것은 꿈에도 몰랐어요.

"대기오염이 아마존에 어떤 영향을 끼치는데?"

"대기오염이 심해지면 아마존의 식물들이 말라죽게 돼. 그러면 태양 에너지를 흡수하는 수목이 사라질 테고, 이 때문에 지구는 더워지

게 될 거야. 게다가 식물
이 없어 이산화탄소도 제거하
지 못하니까 지구 온난화 현상은
더 심해지겠지."

송이는 지구가 지금보다 더 더워질 것을
상상하니 끔찍했어요.

"그럼 어떻게 하면 좋은데?"

리오는 씨익 미소 짓더니 차근차
근 설명해 주었어요.

"먼저, 에어컨 대신 선풍기를 사
용하는 게 좋겠지? 그럼 전기세도 아낄 수 있고 환경 보호에도 좋은
일이 될 거야. 하지만 에어컨을 꼭 써야 한다면 적정 온도를 유지하
는 게 좋아. 그리고 밖에서뿐만 아니라 집에서도 더운 날에는 시원한
옷을, 추운 날에는 따뜻한 옷을 입고 있어야 에너지도 절약하고 건강
도 챙길 수 있어."

송이는 생활 습관을 조금만 바꿔도 아마존을 지킬 수 있다는 사실
을 알아 가기 시작했습니다.

잡혀 가는 친구들

송이는 풀잎이 바스락바스락 밟히는 소리에 잠에서 깼어요. 아직 깊은 밤이었어요. 달도 뜨지 않아 사방은 어둡기만 했어요. 무서워진 송이는 리오를 찾았어요. 이미 잠에서 깨어난 리오는 주변을 경계하며 서 있었어요.

"이게 무슨 소리야?"

송이의 물음에 리오는 저 멀리 보이는 불빛을 가리키며 말했어요.

"너도 들었니?"

송이와 리오는 불빛의 움직임을 지켜보았어요. 불빛이 가까워 오자

38

사람들의 대화 소리가 들렸어요. 송이와 리오는 덤불 뒤로 몸을 숨겼어요. 자고 있던 모노도 어느새 깨어나 리오의 어깨에 앉아 있었어요.

불빛에 두 남자의 모습이 희미하게 보였어요. 모두 키가 크고 험상궂어 보이는 얼굴이었어요. 턱수염이 난 남자는 뚱뚱해서 덩치가 더 커 보였고, 그 옆의 남자는 긴 얼굴에 안경을 쓰고 있었어요. 두 남자 모두 쇠창살이 달린 총을 어깨에 메고 있었어요.

"어제는 두 마리뿐이었어."

"갈수록 안 잡힌단 말이야."

두 남자의 이야기를 듣고 있던 송이가 작은 목소리로 물었어요.

"저 사람들은 누구야?"

"사냥꾼이야. 조용히 해."

리오는 잔뜩 화난 표정으로 무뚝뚝하게 대답했습니다.

"내가 뭐 잘못했니?"

자신이 리오를 화나게 한 줄 알고 깜짝 놀란 송이는 조심스럽게 물어보았어요.

"미안해. 나도 모르게 화를 냈네. 저 사람들은 아주 나쁜 사냥꾼들이야."

"저 사람들이 뭘 어떻게 했는데?"

송이는 목소리를 낮춰 조심스레 물었어요. 리오는 송이에게 설명하려고 입을 열었다가 이내 생각을 바꿨어요.

"직접 보는 게 어때?"

송이는 위험할 것 같았지만 꼭 한 번 보고 싶었어요. 그래서 고개를 끄덕였어요.

"좋아. 대신 조용히 해야 돼."

"응!"

송이가 부주의하게 큰 소리로 대답하자 사냥꾼들은 대화를 잠시 멈추고 주위를 둘러봤어요. 송이와 리오는 몸을 더 낮게 숙였어요. 송이와 리오를 발견하지 못한 사냥꾼들은 어깨를 으쓱거리더니 하던 일을 계속했습니다.

몰래 사냥꾼을 따라가던 끝에 송이와 리오는 강가에 다다랐어요. 물 근처에 가는 것이 무서웠는지 모노는 몸을 부르르 떨었어요.

"괜찮으니 걱정 마. 내 뒤에 꼭 붙어 있으렴."

리오는 조용히 속삭이며 모노의 머리를 쓰다듬었어요.

사냥꾼들은 커다란 랜턴을 들고 배에 올라탔어요. 송이는 리오의 곁에 바짝 붙었어요. 사냥꾼들은 창살이 달린 총을 손에 들고 수면을 바라보았어요. 강은 조용히 흐르고 있었어요.

송이가 지루함을 느낄 때쯤, 잠잠했던 수면이 찰랑거렸어요. 송이와 리오는 숨을 죽였어요. 뭔가를 발견한 뚱뚱한 사냥꾼이 수면에 불을 비추었습니다.

"악어다!"

안경을 쓴 사냥꾼도 악어에게 랜턴 불빛을 들이댔어요. 그러자 사냥꾼들의 키보다 조금 더 긴 악어가 모습을 드러냈어요. 갑자기 불빛을 본 악어는 당황했는지 허둥지둥 어쩔 줄 몰라 했습니다.

"지금 저 사람들이 뭘 하고 있는 거야?"

"어둠에 익숙해진 악어에게 강한 불빛을 쬐어서 앞을 못 보게 하는 거야. 그래서 이렇게 깜깜한 밤에 사냥을 하는 거지."

사냥꾼들은 몸부림치는 악어의 턱을 쇠줄로 감아 눌렀어요. 옆에 있던 다른 악어는 크게 물보라를 치며 쏜살같이 도망쳤어요.

"또 암놈인 것 같은데."

"요즘은 수놈 보기가 힘드네. 그래도 잡은 게 어디야. 오늘은 큰 놈으로 몇 마리 더 잡아 가자고."

잡힌 악어는 도망가려고 발버둥을 쳤지만 사냥꾼은 그럴수록 악어
의 목과 입을 더 세게 잡았어요. 그 광경을 지켜보던 송이는 눈물이
핑 돌았어요.

'저 악어에게도 가족이 있을 텐데…….'

동물원에서는 징그럽기도 하고 이빨이 무서워서 쳐다보지 않던 악
어였지만, 살고 싶어서 발버둥치는 걸 보니 불쌍했어요.

"저 사람들은 왜 악어를 잡아 가는 거야? 동물원에 보내려고?"

"아니. 악어가죽은 지갑과 허리띠, 가방 등을 만드는 데 사용하는 최고급 재료야. 아마존 밀림에 사는 카이만 악어는 그중에서도 최고 거든."

송이는 어마어마한 숫자의 가격표가 달린 악어가죽 가방이 백화점에 놓여 있던 것을 떠올렸어요.

"아마존 밀림과 늪지에서 1년 동안 잡히는 악어의 수는 무려 200만 마리나 돼. 그래서 이제 카이만 악어도 보기 힘들어졌는데, 또 저렇게 잡아 가다니……."

리오는 한숨을 쉬었어요. 송이는 그 옆에 힘없이 주저앉았어요. 사냥꾼들은 쉬지 않고 악어 사냥에 열을 올렸습니다.

"저 사람들이 잡아 가는 건 악어만이 아니야."

"그럼?"

"박제해서 집을 꾸미겠다는 이유로 재규어와 퓨마를 잡아갈 뿐만 아니라 늪지의 제왕인 야카레를 잡아서 가죽을 벗겨. 아마존 정글의 마스코트였던 황금사자 타마린원숭이도 멸종되어 가고 있어. 네 어깨에 앉아 졸고 있는 녀석도 사라져 가는 동물 중 하나이고."

리오는 송이의 어깨에 앉아 있는 모노를 가리켰어요. 송이는 말없이 모노의 꼬리를 쓰다듬었어요. 모피 코트나 조끼, 가죽 가방이 어떻게 만들어지는지 알게 되자 더 이상 멋있다는 생각이 들지 않았어요. 오히려 앞으로 그 물건들을 보면 죽어 간 동물들이 떠올라 슬퍼질 것 같았어요.

악어 몇 마리를 더 잡은 사냥꾼들은 악어들의 목을 칭칭 감은 쇠줄을 끌고 육지로 돌아왔어요. 이미 죽은 악어도 있었지만 그중에는 아직 살아 있는 악어도 있었습니다.

"배고프지 않아?"

"저 나무 뒤에 가방이 있어. 그 안에 먹을 게 좀 남아 있을 거야."

대화를 마친 사냥꾼들은 악어를 끌고 온 쇠줄을 나무에 감고 숲 속으로 사라졌어요. 사냥꾼들의 발소리가 멀어지자 송이는 자리에서 일어났어요.

"우리가 구해 주자."

"뭐라고?"

리오는 깜짝 놀라 눈을 크게 떴습니다. 하지만 송이가 주먹을 불끈 쥐며 바라보자 알겠다는 뜻으로 고개를 끄덕였습니다.

리오와 송이는 쇠줄이 감긴 나무를 향해 주변을 살피며 조심스레 다가갔어요. 부슬부슬 비가 내리는 가운데 둘은 한참을 끙끙거리며 나무에 감긴 쇠줄을 풀었어요. 모노는 빠르게 움직이며 망을 보았습니다.

"됐다!"

리오와 송이는 마주보며 웃었어요. 모노는 리오와 송이를 뒤로 하고 먼저 배에 올라탔습니다.

나무에서 푼 쇠줄을 들고 리오와 송이는 악어들에게 다가갔어요. 짙은 초록색의 눈에서는 금방이라도 눈물이 흘러내릴 것 같았어요. 송이는 악어들에게 말했어요.

"너희가 나를 물지 않겠다고 약속하면 풀어 줄게."

리오는 옆에서 킥킥거렸어요. 악어들은 알겠다는 듯 큰 눈을 껌뻑거렸어요.

악어를 모두 풀어 준 리오와 송이는 배에 올라탔어요. 악어들은 서서히 물 밑으로 몸을 낮추더니 어느새 사라져 버렸습니다.

"무사히 집으로 돌아갈 수 있겠지?"

"다른 사냥꾼을 만나지 않는다면."

리오와 송이는 노를 저었어요. 배가 움직이기 시작하자 리오는 말했어요.

"동물들의 멸종이 아마존에서 끝나는 게 아니야. 동물들의 잇따른 멸종은 먹이사슬을 파괴하고 생태계의 균형을 무너뜨려서 결국엔 생태계 전체가 파괴되고 말 거야."

모노는 뱃머리에 앉았어요. 배는 강 위에서 미끄러지듯 하류를 향해 흘러갔습니다.

멸종 위기의 동물들

피라루쿠

아마존 강에 사는 피라루쿠는 세상에서 가장 큰 민물고기예요. 보통은 1.5미터 정도 하지만 가장 큰 피라루쿠는 길이 5미터에 몸무게는 200킬로그램까지 나간다고 해요. 피라루쿠는 현지어로 물고기라는 뜻의 '피라'와 붉은 열매를 맺는 식물의 이름인 '아루쿠'의 합성어로, 붉은 물고기라는 뜻을 지니고 있어요.

피라루쿠는 1억 년 전부터 생식하고 있다는 고대어, 화석어예요. 게다가 현존하는 유일한 화석어이지요. 이제까지 피라루쿠는 아마존에 사는 사람들의 중요한 식용 물고기였어요. 하지만 최근 무분별한 포획과 아마존 강의 개발로 개체 수가 현저히 줄어들었어요. 최근엔 아마존에서 발견하기 힘들고 잡히더라도 몸길이가 아주 작다고 해요.

황금사자타마린

황금사자타마린은 영장목 마모셋원숭이과로 세계에서 가장 희귀한 동물 가운데 하나랍니다. 아마존 열대 우림의 낮은 곳에 서식해요. 얼굴 위로 사자처럼 빽빽한 갈기가 달린 황금사자타마린은 몸 전체에 부드러운 털이 나 있어요.

주로 낮에 활동하고 나무 타기를 좋아하는 것은 보통의 원숭이들과 다를 바가 없어요. 하지만 특이하게도 황금사자타마린은 꼬리로 무언가를 잡는 것을 싫어해요.

황금사자를 닮은 이 원숭이는 심각한 멸종 위기에 처해 있어요. 현재는 전 세계에 1,000마리도 채 남아 있지 않답니다.

마타마타거북

거북과 거북이 중에서도 가장 특이한 형태로 꼽혀요. 마타마타 거북의 등껍질은 바위의 표면 같기도 하고 바닥에 있는 이끼 같기도 해요. 그래서 위장술의 천재라 불립니다.

마타마타거북은 낮에는 응달에 숨어 있다가 밤이 되면 느릿느릿 나와 돌아다녀요. 목에 동글동글한 장식이 붙어 있는데 물고기들은 그게 먹이인 줄 알고 다가왔다가 냉큼 잡아먹히곤 해요.

스트레스나 수질에 민감한 마타마타거북은 개발로 오염된 아마존을 견뎌 내지 못하고 있어요. 게다가 번식이 어렵기 때문에 멸종되면 다시는 볼 수 없을 거예요.

재규어

　아마존 밀림의 황제인 재규어는 호랑이, 사자에 이어 세 번째로
큰 고양잇과 동물이에요. 주로 밤에 활동하며 물가, 하천, 늪지와
가까운 곳에서 서식해요.

　재규어는 남미 최강의 육식 동물이에요. 악어는 물론이고 심지
어 세상에서 가장 큰 뱀인 아나콘다도 잡아먹어요.

　지금은 환경의 변화와 무분별한 포획으로 멸종 위기에 놓여 있
어 여러 나라에서 재규어 털가죽의 수출입을 금지하고 있어요.
하지만 불법 밀렵이 계속되고 있어서 재규어의 생존 가능성은 줄
어들고 있어요.

아마존 강

송이와 리오가 탄 배는 강물을 따라 유유히 흘러갔어요. 해가 뜨자 아마존 강은 그 모습을 드러내기 시작했습니다.

"우와, 진짜 넓다."

끝없이 드넓은 아마존 강을 보며 송이는 감탄했어요. 리오는 배 위에서 이리저리 움직이는 송이를 자리에 앉히며 물었어요.

"너 세계에서 가장 큰 강이 어딘 줄 아니?"

송이는 리오가 자신을 무시하는 것 같아 기분이 나빴지만 꾹 참고 대답했어요.

"이거 왜 이래? 나도 그건 알아. 이집트의 나일 강이잖아."

"땡!"

송이는 고개를 갸웃거렸어요.

"이집트의 나일 강이 아니라고?"

"네 말이 완전히 틀린 건 아니야. 길이로는 나일 강이 세계 1위이지. 하지만 면적과 흐르는 강물의 양까지 다 포함하면 지금 우리가 지나가고 있는 이 아마존 강이 가장 커."

부리가 제 몸집만큼이나 큰 새 한 마리가 강물에 스칠 듯이 낮게 날아 반대편 강변의 숲 속으로 사라졌어요.

"하늘에서 내려다보면 이곳은 어떻게 보일까?"

나무들이 빽빽이 둘러싸고 있는 아마존 강 위에서 열심히 노를 젓던 리오가 물었어요.

"초록빛 바다를 검은 선이 가르고 있는 것처럼 보이지 않을까?"

송이는 간장처럼 검은색을 띠는 아마존 강을 바라보았어요.

"그런데 아마존 강은 왜 이렇게 검은 거야?"

리오는 잠시 노 젓는 것을 멈추고 주위를 둘러보았어요.

"원래 모든 강은 조금씩 색이 달라. 특히나 아마존 강은 줄기에 따

라 각기 다른 빛을 내지. 황토색도 있고 검은색도 있어."

　송이는 리오의 이야기에 귀를 기울였어요.

　"아마존 강 줄기 중 많은 부분이 검은빛을 띠어. 이건 오염돼어서가

아니야."

"그럼?"

"물속에서 유기물이 분해되면서 만들어진 산소가 강의 먼지와 나뭇잎 등을 물 위로 떠오르게 하기 때문이야."

송이는 아마존에서 이틀을 보냈지만 아직도 아마존에 대해 모르는 것이 많았어요. 아마존은 알아 갈수록 신비한 곳이었어요.

"나는 아마존 강 하면 기껏해야 피라니아나 아나콘다를 떠올렸는데……."

송이는 피라니아가 뾰족한 이빨을 드러내며 달려드는 모습과 커다란 아나콘다가 똬리를 튼 채 노려보는 모습을 떠올리며 몸을 부르르 떨었어요. 리오는 그런 송이를 보고 웃음을 터뜨렸어요.

"피라니아는 네가 생각하는 것만큼 무섭지 않아."

"하지만 영화에서 피라니아가 사람을 뼈만 남기고 다 먹어 버리는 걸 봤단 말야!"

잔뜩 겁에 질린 송이는 두 눈을 질끈 감으며 모노를 꼭 껴안았어요.

"피라니아의 번식력과 파괴력이 엄청난 건 맞아. 하지만 아마존 강 주민들한테는 저녁 식사감에 불과해."

"그걸 먹는다고?"

"그래, 꽤 맛있어. 실제로 피라니아는 천적에게 가장 많이 잡혀 먹는 물고기 중 하나야. 그러니까 너무 무서워할 거 없다고."

송이는 아무리 맛있다고 해도 저녁 식사로 피라니아를 먹고 싶진 않았어요. 모노는 어느 틈에 송이 품 안에서 잠들어 있었어요.

송이는 리오를 향해 고개를 돌렸어요. 그리고 여행을 시작할 때부터 궁금했던 것을 물었어요.

"보뚜는 어떤 돌고래야?"

송이는 동물원에서 파란색 돌고래를 본 적은 있지만 분홍색 돌고래는 본 적도, 들어 본 적도 없었어요. 게다가 돌고래는 바다에 서식하는 동물인데 민물인 아마존 강에서 산다고 하니 무척 신기했어요. 송이는 보뚜에 대해 자세히 알고 싶었습니다.

"원래 돌고래는 바다에 살지 않아?"

"보뚜는 아마존에서도 희귀종이야. 그래서 일찍이 아마존 사람들에게는 두려운 동물이었어. 분홍 돌고래가 사람을 잡아 간다고 생각했거든. 하지만 언제부턴가 분홍 돌고래를 보면 소원이 이루어진다는 말이 전해지기 시작했지."

송이는 실망했어요.

"그럼 그냥 미신인 거야?"

리오는 세차게 고개를 저었어요.

"그렇지 않아. 실제로 꿈을 이뤘다는 사람을 많이 봤는걸."

"그렇다면 다행이지만……."

"하지만 보뚜를 만나는 일이 우리가 생각했던 것보다 더 힘들 수도 있어."

"어째서?"

송이는 눈을 동그랗게 뜨며 물었어요. 리오는 어두운 표정으로 대답했습니다.

"아마존 강이 오염되어서 분홍 돌고래가 많이 죽었기 때문이야. 그래서 보뚜도 멸종 위기에 처하고 말았어."

'소원을 아직 빌지도 못했는데 멸종 위기라니. 혹시나 못 만나면 어쩌지…….'

송이는 걱정이 앞섰어요. 그리고 아마존 강을 오염시킨 사람들한테 화가 났어요.

"누가 강을 오염시킨 거야?"

"지구 사람들 전부 다."

송이는 손가락으로 자기 자신을 가리키며 물었어요.

"나도 포함해서?"

"그래."

송이는 그 말에 동의할 수 없었어요. 단 한 번도 아마존 강에 쓰레기를 버리지 않았거든요. 리오가 물었어요.

"샴푸를 쓴 적이 있지?"

"당연하지. 샴푸로 감지 않으면 머리가 지저분해진다고."

"옷을 세탁할 때마다 세제를 쓰지 않니?"

"그럼! 세제 없이 옷을 어떻게 빨아?"

송이는 머리를 감을 때마다 샴푸를 듬뿍듬뿍 썼어요. 뿐만 아니라 엄마 대신 세탁기를 돌릴 때면 세제를 아낌없이 넣었습니다.

"그래, 인정해. 샴푸나 세제를 많이 쓰면 물이 오염되는 건 나도 알고 있으니까. 하지만 너 한국이 여기서 얼마나 먼 줄 아니? 아마존과 한국은 지구 반대편에 떨어져 있다고. 내가 한국에서 더럽힌 물이 어떻게 아마존까지 오겠니?"

그 말에 리오는 한숨을 쉬었어요. 그리고 송이를 보며 말했어요.

"모두 그렇게 생각하면서 조금씩 오염시키는 거야. 나 하나쯤은 괜찮겠지, 하면서. 게다가 자연은 스스로 정화 작용을 하니까 사람들도 안심했던 거지. 하지만 모든 땅과 강, 바다는 이어져 있어. 세계 곳곳에서 버린 오염된 물들이 모여 아마존 강에 이른 거지. 이제 아마존 강은 스스로 버티지 못하고 무너져 가는 거고."

'만약 보뚜를 만나지 못하게 된다면…….'

송이는 자신도 강을 오염시킨 사람 중 한 명이라고 생각하니 마음이 아팠어요. 그래서 잔뜩 풀이 죽은 목소리로 리오에게 물었어요.

"지금부터라도 아마존 강을 지킬 수 있을까?"

리오는 활짝 웃었어요.

"그럼! 늦었다고 생각할 때가 가장 빠른 때라는 말도 있잖아."

"어떻게 해야 하는 건데? 내가 할 수 있는 일이 뭐지?"

"먼저, 일반 세제 말고 천연 세제를 써. 일반 세제의 인산염이 물을 오염시키는 주요 원인이거든. 그러니까 인산염이 들어 있지 않은 천연 세제를 쓰는 것이 환경은 물론이고 옷에도 좋아."

천연 세제가 있는 줄도 몰랐던 송이는 눈이 휘둥그레졌습니다. 리오는 어깨를 한 번 으쓱하더니 설명을 계속했습니다.

"음식물 쓰레기를 퇴비로 만들어서 쓰는 것도 좋아. 흙에 음식물 쓰레기를 섞고 톱밥이나 왕겨를 뿌려서 따뜻한 곳에 놔두면 저절로 썩어서 친환경 퇴비가 되지. 이때 음식물 쓰레기는 가급적 물기가 없는 것이어야 하고, 고기가 섞여 있으면 안 돼. 냄새가 심하고 잘 썩지도 않거든. 물론 그 전에 음식물 쓰레기가 생기지 않도록 밥을 남김 없이 먹는 게 최선이지."

송이는 리오를 향해 엄지를 추켜세웠습니다.

"와, 넌 정말 모르는 게 없구나!"

"그럼! 당연하지."

리오는 조금 우쭐해진 표정으로 장난스럽게 대답했어요.

'보뚜를 꼭 만나서 집으로 돌아가게 해 달라고 소원을 빌어야지!'

송이는 집으로 돌아가면 리오가 알려 준 것을 꼭 실천하겠다고 다짐했습니다.

일상에서 실천하는 물 보호

물은 세상 전체를 돌고 돌아요. 오랜 옛날부터 구름과 바다와 빗방울이 되어 지구를 순환하고 있답니다. 언젠가 우리의 자손들에게 물려주어야 할 귀중한 자산이기 때문에 아껴 쓰고, 깨끗하게 잘 써야 하지요. 그렇다면 일상에서 쉽게 실천할 수 있는 물 보호 방법을 알아보도록 할까요?

변기 안에 벽돌을 넣어 두세요

수세식 변기를 이용할 때 물을 한 번 내리면 20~30리터의 물이 나오는데, 소변을 내리기에는 사실 너무 많은 양이에요. 이때 변기 뚜껑을 열고 벽돌을 하나 얹어 두면 5~10리터의 물을 절약할 수 있어요. 변기 속에는 하얀색 공처럼 생긴 부레가 있어요. 물이 차오르면 부레는 차츰차츰 위로 올라가고, 여기에 연결된

쇠 막대가 펴지면서 물이 물통 안으로 더 들어오는 것을 차단하는 원리예요. 그래서 벽돌을 넣어 두면 그 벽돌만큼의 물을 아낄 수 있답니다.

만능 천연 세제, 소다를 쓰세요

소다는 인체와 환경 모두에 무해한 최고의 천연 세제예요. 미세한 입자가 묵은 때를 긁어내고 흡수해서 효과적으로 제거해 준답니다. 그래서 소다를 이용하면 식기에 묻은 기름 때나 과일에 남아 있는 농약을 깨끗하게 제거할 수 있어요. 또한 세탁기를 돌릴 때도 전용 세제 대신 소다를 넣으면 옷감의 손상도 줄이고 보송보송하게 세탁할 수 있답니다. 몸과 환경은 물론, 청결까지 지킬 수 있는 똑똑한 천연 세제, 소다를 두루 사용해 보세요!

불타는 숲

하류를 향해 갈수록 강줄기는 더 자주 갈라졌어요. 리오는 그럴 때마다 잠시 배를 멈추고 곰곰이 생각에 잠겼어요. 그리고 이내 방향을 결정해서 배를 몰았습니다. 송이는 리오가 제대로 가고 있는 것인지 알 수 없었지만 이제까지 늠름하게 앞장섰던 것을 떠올리며 믿기로 했어요.

"끼익, 끼익!"

갑자기 모노가 울면서 정신없이 배 안을 휘젓고 다녔어요. 송이는 불안해하는 모노를 꼬옥 안았어요. 그때였어요.

"쿵!"

배가 무언가와 부딪혔어요. 리오와 송이는 소리가 나는 쪽을 향해 고개를 돌렸어요. 커다란 나무토막들이 위에서부터 떠내려오고 있었습니다.

"무슨 일이지?"

숲 속에서 새 한 무리가 하늘로 날아올랐어요. 그리고 동물들이 재빠르게 도망치는 발소리가 들렸어요.

"저길 봐!"

송이는 리오가 가리키는 쪽을 보았어요. 나무 위로 시커먼 연기가 무럭무럭 피어오르고 있었어요. 송이가 다급하게 외쳤어요.

"저쪽으로 가 보자!"

리오와 송이는 재빨리 노를 저어 숲으로 향했어요. 숲과 가까워질수록 매캐하게 타는 냄새가 강하게 느껴졌습니다.

강기슭에 배를 댄 리오와 송이는 조심스럽게 숲 속으로 발걸음을 옮겼어요. 송이는 안으로 들어갈수록 뜨거운 기운을 느꼈습니다.

"세상에……."

숲의 중심으로 들어간 송이는 놀랄 수밖에 없었어요. 그을음과 매캐한 연기 속에서 모습을 드러낸 숲은 이제껏 송이가 봐 온 아마존의 모습이 아니었어요. 나무들은 둥치만 남기고 다 타 버렸고, 바닥은 초록 이끼 대신 새카만 잿더미와 흙뿐이었어요. 리오는 얼른 웃옷을 벗어 나무에 붙어 있는 작은 불씨를 껐어요.

"도대체 누가 이런 짓을 한 거야?"

송이는 나무도 동물도 없는 공터가 낯설었어요. 리오는 그 질문에 대답하는 대신 주위를 경계했어요.

"불을 낸 사람들이 곧 돌아올 거야. 여기 있으면 위험해."

송이는 답답했지만 리오의 말을 따르기로 했어요. 모노는 다시 애처롭게 울기 시작했어요.

얼른 그 자리를 벗어났지만 송이는 불타는 숲에서 좀처럼 눈을 뗄 수 없었어요. 새카맣게 타 버린 공터가 아직도 눈에 선했어요. 어디선가 이름 모를 동물들이 우는 소리가 들렸어요. 배로 돌아와 다시 노를 젓는 동안 아무 말도 하지 않던 리오가 물었어요.

"송이야, 가장 좋아하는 음식이 뭐야?"

갑작스러운 질문에 송이는 고개를 갸웃거리면서도 대답했어요.

"햄버거."

송이는 햄버거를 무척 좋아했어요. 둥그런 빵 사이에 양념된 고기와 야채, 마요네즈와 케첩이 들어 있는 햄버거를 생각하니 벌써부터 입 안에 침이 고였어요. 송이는 햄버거 중에서도 소고기가 두 장 들어가 두툼한 햄버거를 자주 먹었어요.

"거기에 콜라까지 마시면 그야말로 환상적이지."

송이는 행복한 미소를 지으며 입맛을 다셨어요. 리오는 조용히 듣기만 했어요.

"그런데 그건 갑자기 왜 묻는데?"

"햄버거 속엔 어떤 고기가 들어가지?"

송이는 햄버거 속에 들어가는 고기들을 꼽아 보았어요.

"글쎄? 돼지고기, 소고기, 닭고기……. 그것 말고 더 있나?"

"그 고기들이 다 어디서 난다고 생각해?"

"목장에서 키우겠지. 그런데 왜 이렇게 꼬치꼬치 묻는 거야? 이게 숲이 불타는 거랑 무슨 상관이 있다고."

"상관있어."

생각지도 못한 말에 송이는 깜짝 놀랐어요.

"너처럼 햄버거나 피자 같은 패스트푸드를 좋아하는 사람들이 많

아. 그렇다 보니 햄버거와 피자에 쓸 육류를 더욱 싼값에 많이 구해야 했지. 그래서 사람들은 아마존의 나무들을 태우기 시작했어. 그래야 목초지를 만들 수 있으니까."

돼지나 소와 같은 동물을 키워 고기를 얻으려면 넓은 공간이 필요해요. 하지만 선진국은 땅 값이 비싸기 때문에 그곳에서 키운 동물에서 얻은 육류의 값도 당연히 비쌀 수밖에 없지요. 그래서 사람들은 아마존으로 눈을 돌렸어요. 거대한 땅을 자랑하는 아마존이 그들에게는 동물을 사육하기 좋은 장소로 보였던 거예요.

"내가 먹은 햄버거와 피자 때문에 숲이 불타게 되었다니……."

송이는 아마존에 오기 전날까지만 해도 햄버거를 사 달라고 엄마에게 졸랐던 게 생각났어요. 그럴 때마다 엄마는 늘 송이에게 건강에 좋지 않으니 패스트푸드 먹는 것을 줄이라고 충고했고, 송이는 잔뜩 토라져 투덜거리기만 했습니다.

"소 때문에 위험해지는 건 아마존의 숲뿐만이 아니야. 공기와 물도 안전하지 않아."

소는 네 개의 위를 갖고 있어요. 그걸로 음식물을 소화하고 흡수시키죠. 특히 첫 번째 위인 '혹위'는 미생물이 음식의 섬유 조직을 분해

하고, 소가 흡수할 수 있는 휘발성 유기산을 만들어 낼 때까지 발효시키는 일종의 '발효 탱크' 역할을 해요. 이 과정에서 메탄이 만들어지고, 소는 트림과 방귀로 이를 배출하지요. 소 한 마리가 배출하는 메탄의 양만 해도 연간 47킬로그램에 달해요. 소 4.2마리는 자동차 한 대에 맞먹는 온실가스를 내뿜는 셈이 되죠. 이는 대기오염의 원인이 됩니다.

"뿐만 아니야. 소를 키우다 보면 엄청난 물이 소비되고, 소에게 먹이는 비료 등이 물로 들어가 수질이 오염돼."

몰랐던 사실을 알게 될수록 송이는 아마존에게 미안해졌어요.

리오와 송이는 연기를 내뿜는 숲이 시야에서 사라질 때까지 바라보았어요. 시커먼 연기는 여전히 하늘을 가리고 있었습니다.

"한때 열대 우림은 지구 표면의 14퍼센트를 차지했어. 그런데 지금은 6퍼센트 내외야. 급속도로 줄고 있다는 거지. 왜 사람들은 아마존이 인류의 재산이 아니라 모든 생명체의 재산이라는 걸 모를까?"

송이는 리오의 슬픈 얼굴을 보자 마음이 아팠어요.

"절대로 아마존의 나무들을 태울 생각은 아니었어! 물론 물을 오염시키거나 공기를 오염시킬 마음도 없었다고."

"그래, 하지만 이제는 알게 되었잖아. 앞으로도 계속 패스트푸드를 먹을 거니?"

송이는 앞으로 다시는 패스트푸드를 먹지 않겠다고 약속하고 싶었어요. 하지만 그 약속을 지킬 자신은 없었어요. 그렇다고 리오에게 거짓말을 하고 싶지는 않았습니다.

"다신 먹지 않겠다고 약속할 순 없어. 하지만 먹는 횟수를 꼭 줄이도록 할게!"

송이는 새끼손가락을 내밀었어요. 리오는 자신의 새끼손가락을 송이와 마주 걸어 약속했습니다.

열대 우림은 소중해

리오와 송이는 하루 종일 쉬지 않고 노를 저은 탓에 몹시 지쳤어요. 모노도 지쳤는지 뱃머리에 앉아 꾸벅꾸벅 졸고 있었어요. 송이는 흔들거리는 배 위에서는 좀처럼 잠을 이룰 수 없었습니다.

"오늘은 땅에서 잘 곳을 구해 볼까?"

"응!"

평평한 땅이 그리웠던 송이는 리오의 말이 반가웠어요. 송이는 남은 힘을 다해 육지 쪽으로 노를 저었어요.

배를 강가에 잘 묶어 둔 송이와 리오는 잘 곳을 찾았어요. 오늘은 다른 날보다 비가 많이 왔기 때문에 송이는 나뭇잎으로 만든 집보다 더 튼튼한 곳에서 자고 싶었어요.

한참 동안 수풀을 헤치며 걷던 송이는 무언가를 발견했어요.

"어머, 저거 고슴도치니?"

리오는 송이가 가리키는 것을 보았어요. 등 전체부터 꼬리까지 바늘처럼 뾰족한 가시가 가득한 갈색 동물이었어요.

"저건 호저야."

"난 온몸에 가시가 있길래 고슴도치인 줄 알았어."

"태어날 때는 털이었는데 크면서 가시로 변한 거야. 낮에는 쿨쿨 잠을 자고 밤이 되면 저렇게 밖으로 나와 먹을 것을 찾아다녀."

호저는 긴 앞니로 나무 열매를 갉아먹었어요.

"호저는 앞니가 자꾸 자라나기 때문에 닳게 하려고 뼈다귀를 갉아먹기도 해. 그러면 뼈다귀에 함유된 인과 석회를 섭취할 수 있어서 가시가 더 단단해진대."

송이는 귀엽게 생긴 호저가 신기해 계속 쳐다보았어요. 하지만 혹시라도 찔릴까 봐 가까이 가진 않았습니다.

"쉬익, 쉬익!"

근처에서 이상한 소리가 났어요. 곧이어 뭔가가 두 사람의 머리 위로 붕붕거리고 펄럭펄럭 날갯짓을 했어요. 그리고 한순간 뭔가에 잔뜩 둘러싸이고 말았어요. 모노와 송이는 서로 질세라 비명을 질러 댔어요. 특히 송이는 정신없이 팔을 마구 휘둘렀어요. 리오는 그런 모노와 송이를 진정시키며 말했어요.

"괜찮아, 절대 해치지 않아. 그냥 박쥐일 뿐이라고."

송이는 그제야 정신을 차리고 휘두르던 팔을 내려 정체를 확인했어요. 박쥐는 영화에서 본 적이 있어 금방 알아볼 수 있었습니다. 하지만 송이는 울먹이며 몸서리를 쳤습니다.

"난 쥐라면 다 싫어. 게다가 하늘을 나는 쥐는 더 싫다고!"

"이건 우리에게 좋은 신호야."

"어째서?"

"가까이에 동굴이 있단 뜻이니까."

그 말에 송이는 한결 마음이 편해졌어요. 동굴이라면 비도 피하고 더 아늑하게 잘 수 있겠단 생각이 들었어요. 그래서 박쥐들에게 손사래를 치며 말했어요.

"좋아. 너희를 미워하진 않겠어. 하지만 가까이 오진 말라고."

리오는 그 말에 크게 웃었어요. 모노도 재미있는지 즐거운 표정으로 끽끽댔어요. 박쥐들은 송이의 말은 신경 쓰지 않는 듯 유유히 하늘을 날아갔어요.

리오와 송이는 동굴을 찾아 나섰어요. 송이는 어서 동굴을 찾아 꿈나라로 가고 싶었어요. 모노도 같은 마음인지 나무들을 번갈아 타며 재빨리 움직였어요. 그때 리오가 다급하게 외쳤어요.

"모두 몸을 숙여!"

무슨 일 때문인지 알 수 없었지만 송이는 리오가 시키는 대로 얼른 몸을 숙였습니다. 모노도 리오의 말을 알아들은 듯 잔뜩 웅크렸어요.

사람들 몇 명이 불을 피워 놓고 둥그렇게 앉아 있었어요. 그들은 왁자지껄하게 떠들며 식사를 하는 중이었어요.

"저길 봐."

베어진 나무 옆에는 전기톱들이 비스듬하게 세워져 있었고 지게차에는 나무들이 가득 실려 있었어요. 파헤쳐진 바닥 옆에는 땅을 파는 굴삭기가 세워져 있었습니다. 리오에게 묻지 않아도 송이는 저들이 무슨 일을 하러 왔는지 짐작할 수 있었어요.

"나무를 베러 온 거구나."

"맞아. 벌목꾼들이야."

"하지만 사람들이 살아가려면 어쨌든 나무가 필요하잖아. 그렇다면 나무가 많은 아마존 열대 우림에서 가져가는 게 당연한 거 아니야?"

리오는 고개를 가로저었어요.

"저 사람들은 나무를 베어 간 자리에 다시 심지도 않을 뿐더러 제대로 자라날 시간을 주지 않아. 그저 무분별하게 열대 우림의 나무들을 베어내기만 할 뿐이야."

송이는 어깨를 한 번 으쓱하고는 말했어요.

"그래도 다행이야. 나는 나무를 그다지 많이 쓰지 않거든."

"정말 그렇게 생각해? 네가 평소에 나무로 만들어지는 것을 얼마나 쓰는지 한 번 생각해 봐."

"나무로 만든 거라고 해 봐야 책상이나 의자밖에 더 있어?"

"네가 쓰는 공책, 가구, 일회용 컵도 나무가 재료잖아."

"생각해 보니 그러네."

송이는 평상시 자신의 하루를 생각해 보았어요.

아침에 일어나면 화장실에서 휴지를 썼어요. 그리고 아침 식사로 종이 상자에 든 시리얼을 먹곤 했어요. 낮에는 의자에 앉아 교과서로

공부를 했어요. 물론 공책에 필기를 열심히 하는 것도 잊지 않았어요. 집으로 돌아와 친구들에게 편지를 쓰고 예쁜 스티커를 붙이기도 했어요. 그리고 스케치북에 미술 숙제를 했습니다.

"그게 끝이 아닐 거야. 더 생각해 봐. 엄마 심부름 때문에 간 슈퍼마켓에서 받아오는 영수증도 종이로 만들어진 거야."

생각하면 생각할수록 하루에 쓰는 종이는 넘쳐 났어요. 집 안에 있는 키친타월, 각종 고지서와 광고지, 한쪽에 쌓여 있는 신문지도 모두 종이였어요.

"내가 아마존 열대 우림을 아프게 한 게 한두 번이 아니구나……."

송이는 마음 깊이 반성했어요. 송이는 무언가를 조금이라도 엎지르거나 더럽히면 두루마리 휴지를 마구 풀어서 썼어요. 그리고 일회용 컵을 쓰고 아무 데나 버리기도 했어요.

리오와 송이는 드디어 동굴을 찾았어요. 송이는 더 깊숙이 들어가려고 했지만 리오는 위험하다며 말렸어요. 땅에 널찍한 잎사귀를 깔고 송이는 자리에 누웠어요.

어느덧 어른이 된 송이가 거울 앞에 서 있었어요. 머리카락이 길고 키가 큰 송이는 산소 탱크를 등에 메고 얼굴에는 산소마스크를 쓴 모

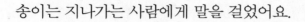

숨이었어요.

고개를 돌려 보니 모두가 송이처럼 산소 마스크를 쓰고 있었어요. 게다가 선글라스도 끼고요. 나무가 한 그루도 없고 햇살이 너무 강렬해서 선글라스 없이는 다닐 수 없었기 때문이에요. 땅은 물기가 없어 쩍쩍 갈라져 있었어요.

송이는 지나가는 사람에게 말을 걸었어요.

"여보세요~ 여보세요~."

하지만 다들 마스크를 쓰고 있었기 때문에 제대로 이야기를 나눌 수 없었어요. 그들에게 말을 걸려고 하면 할수록 산소가 부족해졌어요.

"안 돼!"

송이는 눈을 떴어요. 송이의 가슴팍 위에서 자고 있는 모노의 꼬리가 송이의 목을 누르고 있었어요. 송이는 깨지 않도록 조심스럽게 모노를 옆으로 옮겼어요. 그러자 한결 숨쉬기가 편해졌어요. 꿈이었다는 걸 알았지만 송이는 아직도 꿈이 생생했어요.

"다시는 휴지를 낭비하지 말아야지. 이제는 일회용 컵을 쓰는 것도 줄일 거야."

　동굴 밖은 새벽이 밝아 오고 있었어요. 리오와 모노는 아직도 꿈나라였어요.

　송이는 꿈속에 나온 자신의 모습을 떠올리고는 설레설레 고개를 내저었어요. 그리고 종이를 아낄 수 있는 방법을 생각하며 새벽을 보냈습니다.

아마존 열대 우림을 지키는 방법

1년 동안 전 세계에서 소비하는 종이는 3억 3,500만 톤, 하루 소비량은 100만 톤에 이르러요. 전 세계가 단 하루 동안 사용하는 종이를 생산하려면 1,200만 그루 이상의 나무가 필요해요.

우리는 우리가 소비하는 종이 때문에 세계의 원시림과 더불어 아마존 열대 우림이 파괴되고 있다는 사실을 알고 있어요. 그렇다면 열대 우림을 지키기 위해 우리는 어떤 노력을 할 수 있을까요?

휴지 대신 손수건을 사용해요

손수건을 갖고 다니기가 귀찮을 수 있어요. 잊지 않고 챙기는 것도 쉬운 일은 아니죠. 하지만 여러분, 그거 알고 있나요? 우리가 쓰는 하얀 휴지는 형광 표백제를 사용하여 인위적으로 하얗게 만든 거예요. 거기에는 형광 물질과 화학 물질이 포함되어 있어요. 그래서 하얀 휴지를 쓰게 되면 손이나 얼굴에 닿기 때문에 몸에 해로울 수 있어요. 하지만 손수건을 사용한다면 나무를 보호할 뿐 아니라 건강에도 이로운, 일석이조의 효과를 거둘 수 있답니다.

공책, 메모지, 다이어리 등 재생종이 문구를 사용해요

국내 종이 사용량의 24퍼센트가 여러분이 좋아하는 예쁜 공책과 다양한 디자인의 다이어리 등의 책 종류를 만드는 데 쓰여요. 해마다 30년생 나무 3,500만 그루가 사라지는 셈이지요. 여러분이 지금부터 재생종이로 만들어진 문구를 사용한다면 자연과 더불어 살아가는 세상을 만들게 될 거예요.

화장실용 휴지는 재생종이 휴지로 바꿔요

재생종이로 만든 휴지는 환경 보존에도 도움이 될 뿐만 아니라 다른 제품에 비해 저렴해요. 여기에도 형광 물질이 많을까 봐 걱정할 수도 있어요. 하지만 재생종이 휴지는 만들어질 때 형광 물질로 표백하지 않아요. 재생종이 휴지에서 발견되는 형광 물질은 우리가 분리수거한 일반 종이들에 간혹 들어 있기 때문이에요. 따라서 일반 휴지보단 형광 물질이 적으니 걱정하지 않아도 돼요.

이면지나 자투리 종이로 나만의 공책이나 메모지를 만들어 써요

우리가 잘못 인쇄된 종이 한 장을 구겨 쓰레기통에 버릴 때, 아직 반이나 남은 공책을 학기가 바뀌었단 이유로 버릴 때, 지구의 허파 역할을 하는 숲은 지구에서 사라지고 있어요.

이제부터 인쇄가 되어 있지 않은 뒷면이나 남은 공책으로 나만의 공책을 만들어 봐요. 이면지의 장 수에 따라 공책 두께도 마음대로 조절할 수 있어요. 또 표지에 예쁜 그림을 그려 넣으면 세상에 단 하나뿐인 특별한 공책이 될 거예요.

우유팩 재생 휴지를 사용해요

우유팩 재생 휴지는 버려진 우유팩을 100퍼센트 재활용해서 만든 친환경 물품이에요. 우유팩을 기계에 넣어서 누르면 비닐과 종이로 분리되는데 그때 나온 종이로 만든 것이 우유팩 재생 휴지예요. 우유팩은 원래 하얗기 때문에 다른 약품을 쓸 필요가 없어요. 그래서 우유팩 재생 휴지는 형광 물질도 없고 표백제를 쓰지 않아 우리 몸에도 안전하답니다.

아마존 강의 울음소리

"어서 타. 갈 길이 멀다고."

리오가 재촉했어요.

"알았어. 금방 갈게!"

송이는 축축한 티셔츠를 꾹 짠 후 탁탁 털며 대답했어요. 아마존에 온 후 송이는 전에 비해 제법 어른스러워졌어요. 이제는 리오가 도와주지 않아도 혼자 빨래를 하고 먹을 것을 구할 줄 알았어요. 그리고 리오 못지않게 노도 잘 저었습니다.

낮이었어요. 리오와 송이는 오전 때보다 천천히 노를 저었어요. 배가 나아갈수록 주변에는 이끼가 많아지고 물의 깊이도 얕아졌어요.

모노가 코를 킁킁거렸어요. 송이도 모노를 따라 냄새를 맡았어요.

"이게 무슨 냄새지?"

근처에서 쾌쾌한 냄새가 났어요.

"이건 습지에서 나는 냄새야."

송이는 인상을 쓰며 투덜거렸어요.

"윽, 난 습지가 싫어."

습지는 하천, 연못, 늪으로 둘러싸인 습한 땅이에요. 송이는 습지 하면 시커먼 물이 고여 있어 악취가 나고 징그러운 작은 벌레들이 사는 곳이 떠올랐어요.

"넌 습지를 잘못 생각하고 있어. 송이 너 습지를 한 번도 제대로 본 적 없지?"

송이는 고개를 끄덕였어요.

"조금만 기다려 봐."

리오는 뱃머리를 왼쪽으로 돌렸어요. 그리고 어딘가를 향해 재빨리 노를 저었어요.

잠시 후, 거대한 습지가 리오와 송이의 눈앞에 펼쳐졌어요. 얕은 강

　　물을 사이에 두고 푸른 식물들이 가득히
자라고 있었어요.

　"생각했던 것보다 크긴 하지만 역시 어두워. 게다
가 이상한 냄새까지 나잖아."

　"그래. 습지가 꽃밭처럼 예쁘진 않지. 하지만 겉
모습이 아름답지 않다고 해서 그 속까지 아름답지
않은 건 아니잖아?"

　　습지는 물과 유기물이 풍부해서 미생물부터 큰
동식물까지 모두가 살기 좋은 환경이에요. 그래서
생태학자들은 습지를 최고의 생태계라고 불러요.

　"그리고 그거 아니? 네가 싫어하는 습지가 지구

면적의 6퍼센트를 차지한다는걸."

배는 습지에 난 길을 따라 유유히 흘러갔어요. 리오는 속도를 내는 대신 송이에게 습지에 서식하는 동식물을 구경시켜 주었어요. 그러던 중 잠깐 배를 세우더니 무언가를 꺾어서 송이에게 건넸어요. 모노도 궁금했는지 송이의 곁에 바짝 붙었어요.

"제비붓꽃이야."

짙은 초록색의 꽃줄기 끝에 자주색의 꽃잎 세 개가 얌전하게 펼쳐져 있었어요.

"와, 정말 예쁘다."

"습지라고 해서 어둡고 칙칙한 식물만 있는 건 아니라는 걸 이제 알겠지?"

리오는 제비붓꽃 말고도 색색의 다양한 꽃들을 송이에게 보여 주었어요. 송이는 습지에 아름다운 꽃을 피우는 식물도 있다는 걸 알게 되었어요.

"아마존 습지는 다른 습지들과는 다른 점이 있어."

"뭔데?"

송이는 눈을 동그랗게 뜨고 물었어요.

"물이 낮은 곳에서 높은 곳으로 흐른다는 것!"

"그게 말이 돼? 물은 높은 곳에서 낮은 곳으로 흐르는 거라고."

"이건 아마존 강만의 특이한 현상이야. 아마존 강의 높이가 낮아서 밀물 때는 바다의 높이보다 낮아지거든. 그럼 그 흐름이 역류하는 거야. 그 때문에 아마존에 방대한 습지가 형성되는 거지."

습지가 끝나고 다시 강이 이어졌어요. 습지에 대해 조금 더 많이 알고 싶었던 송이는 아쉬움이 들었어요. 습지의 끝자락에서 두꺼비 한 마리가 팔짝 뛰어올랐어요.

어느덧 해가 뉘엿뉘엿 지고 있었어요. 시간이 흐를수록 바람이 세게 불었어요.

"오늘 밤에는 비가 더 많이 오려나 봐."

리오가 걱정스러운 표정으로 하늘을 올려다보았어요. 강물을 바라보던 송이는 고개를 갸웃거리다가 리오를 불렀어요.

"리오, 이것 좀 봐. 강물 색이 이상하지 않아? 물이 원래 이렇게 노랬나?"

리오의 표정이 어두워졌어요.

"아니야. 원래는 노랗지 않았어. 색이 변한 거지."

리오는 송이의 질문에 대답하지 않았어요. 대신 강기슭을 쳐다보
고 있었어요. 송이도 리오가 보는 쪽을 향해 고개를 돌렸어요. 그곳에
는 무언가가 잔뜩 쌓여 있었어요.

"저게 뭐지?"

한동안 아무 말도 하지 않던 리오가 입을 열었어요.

"물고기들의 시체야."

"뭐? 시체?"

송이는 너무 끔찍해서 몸을 부르르 떨었어요.

죽은 물고기들이 강물을 따라 기슭으로
떠내려 간 것이었어요.

"어쩌다 저렇게 된 거야?"

송이는 울먹이며 물었어요.

"시작은 금광 때문이었어."

16세기에 황금의 땅 엘도라도를 찾아 유럽인들이 아마존에 몰려들었듯, 1980년대부터 사람들은 아마존에 모여들었어요. 끝없이 펼쳐진 밀림 한가운데가 파헤쳐지고 작은 도시가 들어섰어요. 황금을 캐기 위한 금광이었어요.

"금광 곳곳에선 발전기의 기름과 금을 채취하기 위해 쓰인 수은에 오염된 물이 흘러나왔어. 그리고 물고기들이 떼죽음을 당하기 시작했지. 강줄기에 의지해 살던 우리 야노마미 족은 그때부터 죽음의 강에서 물을 길어 마시고 설사병으로 고통 받고 있어."

리오는 배 밖으로 고개를 내밀었어요. 노란빛을 띠는 강 위에 리오의 얼굴이 비쳤어요.

"피라루쿠도 점차 개체 수가 줄고 있어. 아마존 밀림을 무분별하게 벌목하다 보니 토사가 강물로 흘러들었고, 흐르는 물의 양이 줄어들었기 때문이지. 그래서 피라루쿠가 아예 사라진 곳도 늘어났고, 잡히더라도 몸길이가 아주 작은 경우가 대부분이야. 이젠 '살아 있는 화석'이라고 불릴 만큼 피라루쿠는 심각한 멸종 위기에 처해 있어."

송이는 아마존 강 어디에서나 살아 헤엄치던 피라루쿠를 어쩌면 죽은 모습으로 박물관 안에서만 볼 수 있게 될지도 모른다는 사실에 깜짝 놀랐어요.

"송이야, 숲이 불에 타던 모습을 기억하지?"

그 말에 송이의 머릿속에는 두 번 다시 떠올리고 싶지 않은 풍경이 그려졌어요. 송이가 고개를 끄덕이자 리오는 말을 이었어요.

"나무를 다 태우고 남은 공터에 소를 키우고 콩을 재배하기 위해 쓴 화학 비료와 살충제 때문에 어떤 지역의 강물은 썩기까지 해."

송이는 이렇게 강이 오염되다가는 제비붓꽃이 자라나는 습지도, 아마존 강을 헤엄치는 물고기도 더 이상 볼 수 없을지도 모른다고 생각했어요.

"내가 도울 수 있는 게 없을까?"

송이는 입을 벌리고 죽어 있는 물고기들이 자신에게 다시 살고 싶다고 말하는 것만 같아 슬펐어요.

"물론 내가 금광에서 일하는 아저씨들하고 싸워서 이길 순 없지만, 그래도 돕고 싶어."

리오는 먼저 나서서 도와주겠다는 송이의 말에 감동했어요.

"맞아. 우리가 목장을 만드는 사람들이나 금을 캐는 사람들과 맞서서 싸울 순 없지. 대신 우린 어린이답게 자연을 위해 할 수 있는 일을 하는 게 중요하다고 생각해."

"아까 네가 강물이 수은에 오염돼서 물고기들이 죽기 시작했다고 했잖아. 그렇다면 수은 건전지 대신 충전식 건전지를 사용하면 어떨까? 그것도 도움이 될까?"

"물론이지. 그런 식의 작은 실천 하나로 시작하면 돼."

송이는 계속 시무룩했던 리오의 표정이 조금 밝아지자 마음이 뿌듯해졌어요.

"그리고 앞으로는 친환경적으로 만들어진 물건을 애용할 거야."

그때 세차게 부는 바람이 강의 수면에 부딪쳤어요. 리오와 송이는 바람이 수면과 만날 때마다 나는 소리에 귀를 기울였어요. 꼭 누군가가 흐느끼는 소리처럼 들렸습니다.

"울음소리 같아."

송이가 작은 목소리로 속삭였어요. 리오는 말했어요.

"어쩌면 정말 강이 울고 있는지도 몰라. 자기도 모르는 사이에 점점 오염돼서 친구들을 잃고 말라 가고 있으니 우는 것도 당연하잖아?"

두 사람은 배가 강기슭에 닿을 때까지 조용히 강의 울음소리를 들었습니다.

세계 습지의 날

습지는 흐르다 고이는 오랜 과정 속에서 다양한 생명체를 키움으로써 완벽한 생산과 소비의 균형을 갖춘 하나의 생태계를 말해요.

습지는 많은 생명체에게 서식처를 제공하고, 습지의 생명체들은 생태계를 안정된 수준으로 유지시켜요. 각종 무척추동물, 어류, 조류의 서식지이자 미생물이 유기물을 먹고 사는 곳이기도 해요. 이들은 오염된 것을 깨끗하게 하고 홍수와 가뭄을 조절하는 역할을 해요. 이러한 이유로 습지는 꼭 보호되어야 할 것 중 하나랍니다.

사람들은 습지 보존을 위해 1971년 12월 이란의 람사르(Ramsar)에서 열린 국제회의에서 국제 습지 조약을 채택했어요. 물새 서식지인 습지를 보호하기 위해서예요. 조약에 따르면 가맹국은 철

새의 중계지나 번식지가 되는 습지를 보호할 의무가 있으며, 가맹할 때에는 국제적으로 중요한 습지를 한 곳 이상 보호지로 지정해야 해요. 그렇게 해서 매년 2월 2일은 세계 습지의 날로 지정되었어요. 정부와 시민 단체, 국제 비정부 기구에서는 이날을 국제 습지 조약의 내용 및 습지의 가치와 중요성을 인식시키는 날로 활용하고 있어요.

우리나라는 1997년에 101번째로 가입했어요. 현재 강원도 인제군 대암산의 '용늪'과 경남 창녕의 '우포늪', 철새 도래지인 전남 '순천만' 등이 보호해야 할 습지로 지정되어 있어요. 그리고 2002년부터 세계 습지의 날이 되면 해양수산부와 환경부에서 공동으로 기념식을 개최해요. 또 습지 보전에 대한 세미나, 연구 발표 및 탐조 대회 등을 통해 습지에 대한 인식을 새롭게 하는 기회로 삼고 있어요.

 현재 국내뿐 아니라 세계 각지에서 이상 기온, 극심한 가뭄, 환경오염 등의 현상들로 습지가 파괴되고 있다고 해요. 습지를 보호하기 위해 우리는 무엇을 할 수 있을까요?

 먼저, 습지의 중요성을 아직 잘 모르는 친구들에게 알리도록 해요. 습지는 하수, 폐수를 정화시킬 수 있고, 홍수가 일어나면 피해를 완화할 수 있다는 것을 주변 사람들에게 가르쳐 줘서 모두 습지를 소중히 여길 수 있도록 해요.

 또, 생활하수를 줄여 나가요. 샴푸 사용을 줄이고 빗물을 받아서 화분에게 주는 식으로, 무심코 쓰는 물의 양을 줄이면 물의 오염을 막고 습지를 보호할 수 있어요.

 마지막으로 유전자 조작 식품(GMO)을 먹지 않도록 해요. 유전자 조작 종자는 광범위하게 퍼져 나가 유기농 식물들이 자라는 걸 막아요. 그렇게 되면 생물 종의 다양성이 사라져 생태계가 위험해진답니다.

어때요? 어렵지 않죠? 우리의 작은 실천이 모여 세상을 변화시킬 수 있어요.

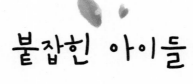

붙잡힌 아이들

강기슭에 배를 대며 리오가 말했어요.

"이제부터는 걸어가야 해."

송이는 아마존 강을 건너며 함께 고생해 온 배와 헤어지려니 아쉬웠어요. 모노도 같은 마음이었는지 끽끽 울며 배 주위를 이리저리 뛰어다녔어요.

"고마웠어."

해가 지평선 아래로 가라앉고 있었어요. 송이는 배를 향해 손을 흔들었어요. 강물 위에 떠 있는 배가 양옆으로 조금씩 흔들렸어요.

100

배를 떠나 걷기 시작한 지 하루가 지났어요. 송이는 거북처럼 등이 딱딱한 아르마딜로를 보기도 하고 일광욕을 즐기고 있는 카피바라도 만났어요. 쥐 종류인 카피바라는 송이를 보자마자 근처에 있는 물웅덩이 속으로 잽싸게 숨었어요.

"쥐인데도 수영을 할 수 있어?"

"위협을 느끼면 위기를 모면하기 위해 물속에 숨어. 몇 분간 잠수를 할 수는 있지만 저렇게 계속 있진 못할 거야."

자세히 보니 카피바라는 송이와 리오의 눈치를 보며 코를 수면 위로 내놓고 숨을 쉬고 있었어요.

"편히 쉴 수 있게 자리를 피해 주자."

리오와 송이는 카피바라를 위해 발걸음을 재촉했어요.

송이는 아마존에서 수많은 동식물을 보았지만 그중에서 호아친이 가장 신기했어요. 송이는 처음엔 호아친을 닭이라고 생각했어요.

"아마존에도 닭이 사네?"

리오는 웃으며 답했어요.

"아니야. 머리에 달린 볏 때문에 그렇게 보이지?"

곱슬곱슬하고 붉은 볏이 닭과 비슷했지만 자세히 보니 닭보다 날개가 더 크고 머리도 작았어요.

"호아친은 근육의 일부를 모이주머니로 쓰기 때문에 잘 날지 못해. 그래서 사는 곳을 잘 옮기지 않지. 아마 이 근처에 꽤 많은 호아친이 숨어 있을 거야."

호아친은 리오와 송이 앞에서 날개를 펴고 다리를 절뚝거렸어요.

"어쩌면 좋아. 다쳤나 봐."

송이는 호아친을 도와주고 싶었어요. 그래서 가까이 다가가려고 하자 리오가 갑자기 말렸어요.

"아니야. 지금 호아친은 연기를 하고 있는 거야."

"무슨 소리야?"

갑자기 모노가 이리저리 날뛰었어요. 송이와 리오가 다른 동물한테만 관심 있는 것이 샘이 나서 괜히 심술부리는 것이었어요. 송이가 모노를 붙잡으려고 시선을 돌리자 호아친은 갑자기 하늘로 날아올랐어요. 그리고 멀리 달아나 버렸어요.

"호아친은 위기에 처할 때마다 다친 척 연기를 해서 적을 방심하게 만들어. 영리한 새야. 그렇지 않아?"

송이는 왠지 새한테 속은 것 같아 기분이 나빴어요. 그래서 저 멀리

사라져 가는 호아친의 뒷모습을 보며 말했어요.

"흥, 난 그저 도와주려고 한 것뿐이라고!"

그때였어요.

"거기 누구야?"

누군가 덤불을 헤치며 다가왔어요. 리오와 송이는 숨을 곳이 없어 당황했어요. 모노는 나무 위로 재빨리 몸을 숨겼어요.

세 남자였어요. 콧수염이 난 남자의 양옆으로 똑같이 생긴 두 남자가 서 있었어요. 그들이 들고 있는 큰 칼을 본 리오와 송이가 도망가려고 하자 남자들은 얼른 목덜미를 잡아챘어요.

"너희 여기서 뭐하는 거야?"

심술궂게 생긴 남자가 콧수염을 만지며 물었어요. 리오와 송이는 남자들의 손아귀에서 벗어나려고 버둥거렸어요. 팔뚝이 울룩불룩한 두 남자는 그럴수록 세게 붙잡았어요.

"저희는 가족을 만나러 가는 것뿐이에요. 이거 놔 주세요!"

"네 가족이 어디 사는데?"

리오는 입을 꾹 다물고 아무 말도 하지 않았어요. 콧수염이 난 남자는 송이 쪽으로 고개를 돌렸어요.

"너는 아마존에 사는 아이가 아닌 것 같은데?"

"저는 보뚜를 만나러 가는 길이에요."

"분홍 돌고래를 말하는 거냐?"

"맞아요. 전 보뚜에게 소원을 빌어야 해요."

세 남자는 송이를 보며 비웃었어요.

"분홍 돌고래가 소원을 들어준다는 이야기를 믿는 게로군? 그런 건 다 미신이야."

"미신이 아니에요! 소원을 들어줄 거라고요!"

송이는 소리를 질렀어요. 그러자 송이를 붙잡고 있는 남자가 입을 막았어요. 송이는 몸을 버둥거렸어요. 콧수염이 난 남자가 리오에게 다가왔어요. 그는 리오의 팔목에 있는 표식을 보았어요.

"네 가족, 야노마미 족이지?"

리오가 아무런 대답도 하지 않자 남자는 벌컥 짜증을 냈어요.

"아직 어리니까 노예로 키우기 딱이야. 데려가자."

세 남자는 리오와 송이를 붙잡아 어디론가 향했어요. 시간이 흘러 밀림에 저녁이 찾아왔어요. 나무들 사이로 마지막 햇살이 들어와 밀림은 주홍빛으로 물들었어요. 세 남자는 가는 길을 방해하는 나무뿌리들을 칼로 거침없이 잘랐어요. 리오는 그럴 때마다 인상을 찌푸렸어요. 송이 역시 마음이 불편했습니다.

"저 아이들을 나무에 묶어."

리오와 송이를 단단히 붙잡고 있던 쌍둥이는 시키는 대로 나무에 묶었어요. 콧수염이 난 남자는 천막으로 들어가 앉았어요. 곳곳에 세워져 있는 트럭에는 나무들이 실려 있었어요.

"아저씨들 벌목꾼이에요?"

송이가 잔뜩 화난 표정으로 물었어요.

"흥, 우릴 겨우 벌목꾼으로 보는 거냐?"

콧수염이 난 남자가 칼을 들고 다가왔어요. 송이는 겁에 질려 고개를 푹 숙였어요. 남자는 칼로 나무의 껍질을 벗겼어요. 그러자 나무에서 하얀색의 끈적끈적한 액체가 흘러나왔어요. 남자가 말했어요.

"우린 고무나무가 필요해서 온 것뿐이다."

고무나무는 아마존에서 흔히 볼 수 있는 식물이에요. 고무는 고무나무의 껍질을 벗기면 흘러나오는 라텍스라는 액체를 응고시켜 만든 것이랍니다.

"이렇게 깊이 들어와서 고무나무를 베어 가는 건 불법이라고요!"

리오의 성난 외침에 세 남자는 낄낄거리며 웃었어요.

"그럼 좀 어때? 게다가 요즘은 고속도로까지 뚫려서 아마존에 들어오기가 아주 편하단 말이야."

19세기 말, 아마존은 고무나무의 발견으로 세계 수많은 사람들이 왕래하는 곳이 되었어요. 돈을 벌러 전 세계 사람들이 벌떼처럼 모여들어 순식간에 거대한 도시가 만들어졌고, 개발이라는 명목으로 고무나무를 베어내면서 삼림이 훼손되기 시작했어요.

"너희는 왜 고무나무를 베는 것이 나쁘다고만 생각하지? 너희도 돈을 벌게 되면 더 잘 먹고 잘살게 되어서 좋은 거 아니야?"

리오는 고개를 저으며 말했어요.

"그렇지 않아요. 처음엔 소득이 생기고 외부에서 들어오는 약 덕분에 수명이 길어질 수 있지만 그런 이익이 언제까지나 계속되진 않는다고요. 당신들은 우리를 노예로 이용하기만 하고, 당신들이 끌고 온

108

병 때문에 원주민들이 이유도 모른 채 죽어 가고 있다고요."

　남자가 리오의 앞에 섰어요.

"그럼 평생 채집이나 사냥을 하면서 살겠단 뜻이냐?"

　리오는 남자를 똑바로 쳐다봤어요.

"우리는 우리 나름대로 살아온 방식이 있어요. 그걸 당신들 마음대
로 바꾸려고 하는 건 나빠요."

　남자는 리오의 얼굴에 칼끝을 들이댔어요. 송이는 남자가 리오에게
나쁜 짓을 할까 봐 마음이 조마조마했어요. 송이가 눈을 질끈 감자
멀리서 모노의 울음소리가 들렸어요.

밀림지킴이 야노마미 족

리오와 송이는 서로를 마주보았어요. 모노의 울음소리가 가까워지
자 리오의 표정이 점점 밝아졌어요.

"이게 무슨 소리야?"

세 남자가 원숭이의 시끄러운 울음소리에 우왕좌왕했어요. 리오는
눈을 반짝이며 나지막이 외쳤어요.

"그들이 왔어!"

그때, 세 남자에게 화살이 날아들었어요. 세 남자는 고개를 숙이며
천막으로 가 무기를 찾았어요. 하지만 어찌된 일인지 이미 모든 무기

는 사라진 뒤였어요. 콧수염이 난 남자가 차로 뛰어가 시동을 걸었어요. 하지만 차는 헛바퀴만 돌 뿐 움직이지 않았습니다.

화살의 주인들이 덤불을 헤치며 모습을 드러냈어요. 까무잡잡한 살갗 위에 온통 울긋불긋 그림을 그려 놓은 남자들이었어요. 그들은 저마다 어깨에 화살 통을 메고 있었어요.

"아이들한테 무슨 짓을 한 거냐?"

머리에 빨간 깃털을 꽂고 있는 사람이 고함을 쳤어요. 활을 들고 있는 그의 모습은 위협적이었어요.

세 남자는 아무 짓도 안 했다는 말을 반복하며 살금살금 뒷걸음질 쳤어요. 원주민들은 나무에 묶여 있던 리오와 송이를 풀어 주었어요. 원주민들이 두 아이에게 신경 쓰고 있는 틈을 타서 세 남자는 걸음아 나 살려라 꽁무니를 내뺐어요. 원주민 몇 명이 그들의 뒤를 재빨리 쫓아갔어요.

나무에서 원숭이 한 마리가 내려와 송이의 품에 안겼어요.

"모노, 무사했구나!"

"그 녀석이 와서 너희가 잡혀 있는 걸 알려 줬단다."

리오는 한 사람, 한 사람 손을 맞잡으며 반갑게 인사를 나눴어요.

그리고 원주민들에게 송이를 소개했어요. 원주민들은 송이를 신기하다는 듯 쳐다보았어요.

"송이야, 너도 인사해. 이 사람들이 내 가족인 야노마미 족이야."

송이는 자신을 구해 준 야노마미 족에게 감사함을 느꼈지만 선뜻 다가가지 못했어요. 몸에 선명하게 그려진 검붉은 그림들과 손에 들고 있는 뾰족한 화살들이 낯설고 조금

무섭기까지 했어요. 리오는 그 마음을 알아차렸는지, 송이의 어깨에 손을 올리며 부드럽게 말했어요.

"무서워할 것 없어. 저렇게 그림을 그린 건 악령이 몸에 들어올 수 없게 하려는 것뿐이야. 따가운 햇볕으로부터 살갗을 보호하고 벌레를 쫓아내려는 이유도 있고."

송이는 알겠다고 했지만 원주민과 걷는 내내 리오의 곁에서 떨어지지 않으려 했어요. 어둑한 밀림을 빠져나오자 눈앞에 평지가 펼쳐졌어요. 주변에는 바나나 나무와 파인애플 나무가 가득했어요. 축구장처럼 둥그런 모양으로 지어진 마을에 들어섰을 때, 리오가 말했어요.

"우리 마을에 온 걸 환영해."

리오를 본 원주민들이 너도나도 할 거 없이 손을 내밀었어요. 송이는 행복한 표정으로 여러 사람과 이야기를 나누는 리오를 보며 부모님과 친구들의 얼굴을 떠올렸습니다.

"아빠, 엄마는 어디 계셔?"

"우리는 부모가 따로 없어."

야노마미 족의 산모는 아이를 낳을 때면 마을에서 사라져요. 그리고 어딘가로 가서 아기를 낳습니다. 며칠이 지난 뒤에도 아이가 살아 있으면 부족민들이 아이를 찾아와 부족 전체의 아이로 키워요. 그래서 부족민 전체가 아이의 부모가 되는 거예요.

"윽, 너무해."

"글쎄. 그렇게 생각할 수도 있지만 난 그 덕분에 야노마미 족의 아이들이 더 강해질 수 있다고 생각해."

호기심에 가득 찬 사람들이 송이를 둘러쌌어요. 온몸에 물감으로 여러 가지 문양을 그려 넣은 어린아이들은 송이의 검은 머리카락을 만지거나 냄새를 맡기도 했어요. 입 주변에 나뭇가지를 꽂은 여자들은 송이가 머리에 꽂고 있는 핀을 가리키며 웃었어요. 심지어는 너무 나이가 많아 거의 걷지 못하는 노인들도 그물 침대에서 몸을 일으키고 낯선 방문객을 신기한 눈길로 쳐다보았어요.

주변을 둘러보던 송이가 물었어요.

"여기는 왜 벽이 없어?"

리오는 마을 중앙에 있는 지붕이 없는 공간을 가리키며 말했어요.

"벽은 필요 없어. 우린 저곳에서 같이 지내거든."

중앙 마당에는 각 가족을 위한 개별 모닥불 자리가 마련되어 있었어요. 드넓은 마당은 그물 침대를 걸고 잘 공간이 충분해 보였습니다.

"꼬르륵."

송이의 배에서 소리가 났어요. 사람들이 깔깔 웃었어요. 송이가 창피해하자 나이 많아 보이는 아주머니가 웃으며 손을 잡아끌었어요.

해가 뉘엿뉘엿 저물고 있었어요. 모닥불이 타닥타닥 소리를 내며 타오르고 공기 중에는 고기 굽는 냄새가 가득했어요. 원주민의 음식이 입에 맞지 않을까 봐 걱정했던 송이는 아주머니가 내미는 음식이란 음식은 다 맛있게 먹었어요. 리오가 말했어요.

"우리가 먹는 건 밀림 속에서 구한 동물과 식물 들이 전부야. 남자들은 활과 화살로 사냥을 하고 강에서 물고기를 잡아. 여자들은 산딸기와 열매를 따 모으고 애벌레를 채집하지."

송이는 그들이 어렵게 잡은 동물을 너무 빨리 먹어치운 것 같아 미안했어요.

"동물들을 한 번에 많이 잡아서 식재료로 준비해 두면 되지 않아? 그럼 매일 사냥을 나가지 않아도 되잖아."

"우리는 그때그때 꼭 필요한 만큼만 구해. 욕심이 지나치면 자연이 크게 노여워해서 사람의 몸속으로 들어가 질병을 일으킨다고 믿기 때문이야."

송이는 지난주 뷔페에 갔던 일을 떠올렸어요. 송이는 먹지도 못할 음식을 접시에 잔뜩 담았어요. 엄마는 음식을 남기는 건 나쁜 일이니 먹을 만큼만 담으라고 했어요. 하지만 송이는 어차피 밥값을 냈으니 음식을 남기든 먹든 내 마음이라며 오히려 엄마에게 대들며 소리쳤어요.

"무슨 생각을 그렇게 골똘히 해?"

리오가 멍하니 있는 송이에게 물었어요.

"아무것도 아니야."

송이는 생각하면 할수록 자신의 행동이 부끄러웠어요. 그리고 쓸데없이 욕심을 부렸던 자신을 반성했어요.

"생각보다 사람이 적은 거 같아. 다들 사냥을 나간 거야?"

리오는 모닥불을 바라보며 말했어요.

"아니야. 부족민은 이게 다야. 사람의 수가 줄어들었지."

"어째서?"

"외부에서 온 사람들이 잡아갔어. 금광

을 캐고 고무나무를 베게 하려고……. 게다가 밀림 밖에서 온 사람들과 함께 병균이 들어와서 독감이나 홍역 같은 질병으로 많은 원주민이 목숨을 잃었어."

모닥불을 둘러싸고 앉아 리오의 이야기를 듣던 야노마미 족 사람들이 눈물을 흘렸어요. 송이는 가족을 잃은 리오를 어떤 말로도 위로할 수 없었어요.

송이는 이제껏 손으로 음식을 먹고 제대로 된 옷을 입고 다니지 않는 원주민들을 불쌍하다고 생각했어요. 그리고 그들은 자신과는 아주 다른 사람이라고 생각했어요. 하지만 직접 만나 보니 이런 생각은 자신의 착각이었어요. 송이는 행복하면 웃고 슬플 때는 눈물을 흘리는 그들이 자신과 똑같은 사람이라는 것을 새삼 깨달았어요.

리오가 말했어요.

"왜 사람들은 다 저마다 살아가는 방식이 다르다는 걸 인정하지 않는 걸까?"

송이는 리오의 말을 들으며 삶의 방식이 자신과 조금 다르더라도 존중해야겠다고 생각했어요.

마을 마당의 곳곳에서 갑자기 합창이 시작되었어요. 여기저기서 타

들어 가는 모닥불들이 소리에 맞춰 일렁였어요. 앉아 있던 사람들이 어른과 아이 할 것 없이 모두 일어났어요. 그리고 바닥에 발을 굴려 박자를 맞췄어요. 땅은 마치 지진이 난 것처럼 흔들렸어요.

"이건 남자들이 추는 사냥의 춤이야."

송이는 피곤했지만 잠이 오지 않았어요. 아이들은 리듬감 넘치는 사냥의 춤이 영원히 계속될 것만 같은 밤을 보냈어요.

아마존의 부족들

🌿 마티스 족

마티스 족은 아마존 강 상류 서쪽 끝, 가장 척박한 땅에서 살아 왔어요. 얼굴에 가득 새긴 재규어 문신을 보면 알 수 있듯이 밀림 내에서 용맹한 부족으로 손꼽혀요.

3미터가 넘는 긴 통을 이용해 입으로 화살을 불어 사냥하는 마티스 족은 현재 아마존에서 사라질 위기에 놓여 있어요. 외부 문명과 함께 들어온 말라리아, 감기, 간염 때문에 면역력이 없는 원주민들이 죽어 가고 있기 때문이에요.

조예 족

　다른 부족에 비해 가장 원시성을 띠어요. 옷을 입지 않고 생활하며, 치장하는 것을 좋아하고 특히 붉은색을 좋아한다고 해요.

　조예 족은 원숭이의 엉덩이뼈로 턱 밑을 뚫어서 뽀뚜루라는 막대기를 끼우고 다녀요. 그들은 잘 때도 뽀뚜루를 빼지 않아요. 뽀뚜루를 끼우지 않은 모습을 부끄럽게 여기기 때문입니다.

　그들은 욕심이 없고 자신의 생활에 만족해요. 조예 족은 한 사람이 화가 나 있으면 모두가 몰려와 그 사람이 웃을 때까지 간지럼을 태우는 풍습이 있어요. 이들이 얼마나 유쾌하고 지혜로운 부족인지 알 수 있겠죠?

 ## 와우라 족

아마존 중남부에 사는 와우라 족은 약 120년 전쯤부터 외부 문명과 접촉해 왔어요. 한때 철저한 공동체 삶을 지향했던 이 부족에도 변화의 바람이 거세게 불고 있어요. 옷을 걸친 자와 그렇지 않은 자가 함께 살아가는 것처럼 마을 한쪽에는 수공예 그릇과 스테인리스 냄비가 나란히 자리하고 있어요. 최근엔 전기를 생산하는 발전기도 도입돼 이곳 사람들은 기름이 생길 때마다 발전기를 돌려 텔레비전을 보곤 해요. 이젠 사냥감을 잡아도 함께 나눠 먹기보다는 물물교환부터 생각한다고 해요. 문명은 이렇듯 그들의 삶을 송두리째 바꾸고 있어요.

야노마미 족

아노마미 족은 원시림 속 여기저기에 흩어져 살고 있어요. 한 집단이 보통 30명에서 많으면 300명에 이르러요.

이들은 전통적인 수렵 채집 방식으로 살고 있어요. 남자들은 활과 화살로 사냥을 하고 강에서 물고기를 잡고, 여자들은 숲에서 나는 산딸기와 열매, 식물과 애벌레를 채집해요.

아마존 밀림에서 금의 발견이 이루어지면서 야노마미 족의 운명도 바뀌게 되었어요. 행운을 찾아 셀 수도 없이 많은 금 채굴꾼들이 몰려들어 전염병을 퍼뜨리고 숲을 파괴시켰기 때문이에요.

소원을 들어주세요

리오는 송이를 흔들어 깨웠어요. 송이는 아침 햇살이 따가워 인상을 찌푸리며 눈을 떴어요. 리오가 말했어요.

"송이야, 일어나. 아직 할 일이 남았잖아."

아이들은 이 마을의 치료술사인 할아버지를 찾아갔어요. 리오는 할아버지에게 송이가 아마존까지 오게 된 사연을 이야기했어요. 리오의 말이 끝나자 할아버지는 입을 열었어요.

"보뚜를 만나러 가겠다고?"

"네."

송이와 리오는 동시에 답했어요.

"보뚜는 아주 희귀한 동물이라면서요?"

할아버지는 질문하는 송이의 머리를 쓰다듬었어요.

"그래. 노인의 현명함과 어린아이의 천진함을 동시에 지니고 있는 동물이지. 하지만 요즘엔 분홍 돌고래를 보기가 더 힘들단다. 그건 알고 있니?"

"강이 오염돼서 멸종 위기에 처했다고 들었어요."

송이의 대답을 들은 할아버지는 슬픈 표정으로 말했어요.

"그래, 맞다. 보뚜는 깊고 깨끗한 물에만 살기 때문에 오염된 강을 견디긴 힘들었을 거야. 게다가 강을 오염시킨 사람들을 미워하고 있기 때문에 모습을 드러내지 않는단다."

"하지만 전 꼭 만나야 해요."

송이는 주먹을 힘껏 쥐었어요.

"어디로 가면 볼 수 있는지만 알려 주세요."

리오는 간절히 부탁했어요. 할아버지는 난처해했어요.

"알려 줄 수는 있지만……. 만날 수 없을지도 모른다. 알겠니?"

리오와 송이는 고개를 끄덕였어요. 할아버지는 길을 잃지 않고 잘 찾아갈 수 있게 지도를 그려 주었어요.

리오와 송이는 야노마미 족과 작별인사를 했어요. 어젯밤, 아이들에게 저녁 식사를 만들어 주었던 아주머니가 송이에게 다가왔어요. 아주머니는 송이의 얼굴에 그림을 그리기 시작했어요. 이마에 곡선을 그린 후 볼에 동그란 문양을 그렸어요. 얼굴에 화려한 그림을 그린 송이는 어느덧 야노마미 족 사람들과 닮아 있었어요.

"악령으로부터 널 지켜 줄 거야."

아주머니는 송이를 보듬어 주었어요. 송이는 얼굴에 흐르는 눈물을 닦았어요.

"다녀오겠습니다."

사람들은 마을에서 멀어져 가는 두 아이에게 손을 흔들었습니다.

송이와 리오는 아무 말 없이 걸었어요. 모노도 얌전히 리오의 어깨에 앉아 있었어요. 넓은 나뭇잎에 맺혀 있던 물방울이 송이의 얼굴로 떨어졌어요. 송이는 아마존에 도착한 첫날을 떠올리며 리오에게 말했어요.

"처음엔 어둡고 축축한 흙냄새가 너무 싫었는데……."

"지금은?"

"지금은 이 냄새를 맡고 있으면 자연과 가까워지는 기분이 들어."

리오가 씩 웃으며 말했어요.

"너도 아마존 사람 다 됐구나."

송이는 이 냄새를 잊지 않기 위해 숨을 크게 들이마셨어요. 조용히 있던 모노가 시끄럽게 울며 어디론가 달려갔어요. 리오는 할아버지가 준 지도를 들여다보았어요.

"여기인 것 같아."

그들이 다다른 곳에는 강이 있었어요. 리오는 강을 향해 크게 외쳤습니다.

"보뚜!"

조용했어요. 강은 수면 위로 부서지는 햇살 때문에 아름답게 반짝이기만 할 뿐이었어요. 송이도 리오를 따라 보뚜를 불러 보기도 하고 강을 향해 작은 돌을 던지기도 했어요. 하지만 아무런 반응이 없었습니다.

"더 이상 분홍 돌고래는 없나 봐."

풀죽은 송이가 바닥에 앉았어요. 리오도 달리 위로할 말이 없어 가만히 송이의 옆에 앉았습니다. 그때였어요.

"누가 나를 찾는 거지?"

강 너머에서 누군가의 목소리가 들렸어
요. 힘없이 바닥에 앉아 있던 두 아이는 벌
떡 일어났어요.

"보뚜니? 어디 있는 거야?"

"너희가 누군 줄 알고 내가 모습을 드러내
겠어? 날 잡아 가려는 거 아니니?"

"그렇지 않아!"

　송이는 보뚜와 만날 수 없을까 봐 걱정되었어요. 리오가 말했
어요.

　"난 야노마미 족 일원인 리오라고 해. 이 친구는 대한민국에서
온 송이야. 우린 너에게 소원을 빌러 왔어."

　한동안 아무런 말이 없었어요. 나뭇잎들이 사락사락 소리를 내며
바람에 흔들렸어요. 순간, 강의 수면이 찰랑거리더니 분홍 돌고래 보
뚜가 나타났어요. 보뚜는 아이들이 서 있는 강가에서 멀리 떨어져 있
었어요. 여전히 송이와 리오를 믿지 못하는 눈치였어요.

송이는 태어나서 처음으로 분홍 돌고래를 보았어요. 눈망울이 구슬처럼 빛나는 보뚜는 눈동자조차 분홍색이었어요. 보뚜가 말했어요.

"내가 왜 송이의 소원을 들어 줘야 하지?"

리오가 말했어요.

"이 아이는 좋은 친구야. 난 분홍 돌고래는 착한 사람의 소원을 들어준다고 들었어. 그렇지 않니?"

그 이야기를 들은 보뚜가 송이를 향해 말했어요.

"넌 착한 사람이니?"

송이는 선뜻 대답할 수 없었어요. 그동안 송이는 그다지 착한 어린이는 아니었기 때문이에요. 물론 친구들을 괴롭히거나 못된 짓을 하진 않았지만 욕심도 많고 환경에도 무관심한 아이였어요. 송이는 어쩌면 보뚜가 소원을 들어주지 않을지도 모른다는 생각이 들었어요. 하지만 솔직하게 답하기로 했어요.

"난 착한 아이가 아니야."

모노가 송이의 어깨 위에 앉았어요.

"하지만 아마존에 와서 많은 걸 봤어."

송이는 아마존에 와서 보뚜를 만나기 전까지 겪은 수많은 일들을 떠올렸어요.

"그동안 환경에 대해서 관심이 없었던 건 사실이야. 하지만 지금은 그렇지 않아. 환경을 더 사랑하고 아낄 수 있는 아이가 되었어!"

시큰둥한 반응을 보이던 보뚜가 물었어요.

"그래서 너의 소원이 뭔데?"

송이는 당연히 집으로 돌아가게 해 달라고 빌어야 했어요. 하지만 자기도 모르게 이렇게 말했어요.

"아마존을 구해 줘."

옆에 서 있던 리오가 깜짝 놀라며 쳐다봤어요.

"더 이상 아마존을 파괴하면 안 돼. 아마존을 구해 줘!"

보뚜는 가까이 다가와 송이의 눈을 들여다보며 물었어요.

"아마존을 구해 달라고? 아마존을 구해서 네가 얻는 게 뭔데? 왜? 나무를 더 많이 베어 가려고? 소를 더 많이 키우고 싶어서?"

송이는 친절하고 마음이 따뜻한 야노마미 족을 만나 보낸 행복한 시간을 기억하며 말했어요.

"생존을 위해서 아마존이 반드시 필요한 사람들은 원주민뿐만이 아니야. 우리 모두에게 아마존이 필요해."

침묵이 흘렀어요. 이윽고 보뚜가 말문을 열었어요.

"좋아. 네 소원을 들어줄게. 하지만 대가가 있어."

송이는 예전에 리오가 했던 말을 떠올렸어요.

'분홍 돌고래는 사람을 잡아 간다고 했는데.'

예전의 송이라면 겁을 냈겠지만 아마존은 송이를 더 용기 있는 아이로 만들어 주었어요. 송이와 리오, 모노는 손을 잡았어요. 보뚜는 모두를 바라보며 말했어요.

"노력을 해야 해. 나한테 소원을 빈다고 끝나는 것이 아니라 그 소원이 이루어지도록 끊임없이 노력해야만 해. 그럼 소원은 꼭 이루어질 거야."

보뚜의 말이 끝나자 강 위로 하얀빛이 쏟아지기 시작했어요. 송이는 두 눈을 질끈 감았어요.

분홍 돌고래 '보뚜'

리오와 송이가 만난 분홍 돌고래 보뚜는 상상의 동물이 아니에요. 실제로 아마존에서 살고 있는 동물이랍니다.

보뚜는 강 돌고래 중 가장 큰 돌고래예요. 몸길이가 보통 1.8~2.5미터이고 몸무게는 90~150킬로그램이에요. 그리고 턱의 위아래에 각각 26~70개의 이빨이 나 있어요. 온몸이 분홍색인 귀여운 돌고래 보뚜는 등지느러미가 없어요. 대신 부리에 딱딱한 털이 나 있어요.

보뚜는 물고기랑 게를 잡아먹고 살아요. 영리한 보뚜는 일단 먹이를 강바닥의 진흙과 함께 섭취한 후에 진흙을 걸러 뱉어 내고 먹이만 삼키지요. 호기심 많은 이 친구는 헤엄을 치면 2분 이상 물속에 있지 않기 때문에 수면 위로 튀어 오르기도 하고 종종 뒤집어서 수면에 배를 내보이며 헤엄치기도 해요.

이빨고래의 후예인 보뚜는 1,500만 년 전쯤 아마존에 출현했어요. 아마존 사람들은 보뚜가 아름다운 여자나 멋진 남자로 둔갑해서 사람의 넋을 앗아 가며, 황홀한 수중 도시인 엥깡지로 유괴해 간다고 믿었어요. 그래서 한동안 보뚜를 무서워했지요. 하지만 소원을 들어준다는 전설이 생긴 뒤부터는 신성시하고 있어요.

보뚜는 1970년 〈내셔널 지오그래픽〉이라는 잡지를 통해 외부에 처음 공개되었어요. 새로운 생물을 찾아 아마존 강을 탐험하던 사진작가 일행은 옆에서 물고기를 발견하고 깜짝 놀랐어요. 물 밖으로 고개를 내밀고 끽끽 울며 재롱을 피우는 물고기는 다름 아닌 돌고래였어요. 민물에서 사는 돌고래를 처음으로 목격한 사진작가들은 이 돌고래의 존재를 전 세계에 알렸답니다.

전 세계 자연학자들은 돌고래가 발견된 아마존으로 하나둘씩 모여들었어요. 학자들은 민물 돌고래가 무리지어 출연한다는 지역을 조사했어요. 며칠간의 조사 끝에 간신히 한 마리를 생포해 낸 조사 팀은 그 돌고래를 미국의 플로리다 주에 있는 동물원에 옮겼어요. 하지만 돌고래는 하루 만에 알 수 없는 이유로 죽고 말았어요. 이 사실을 알게 된 동물 보호 협회 사람들은 학자들에게 절대로 처음 발견되는 동물들을 동물원에 옮기지 말라고 요청했어요. 그 덕에 보뚜는 계속해서 아마존 강에 서식할 수 있었어요.

보호 구역에 살아서 개체수를 유지할 수 있었던 보뚜는 현재 생존을 위협받고 있어요. 아마존의 댐 건설이나 산림 벌채 그리고 중금속 오염 등으로 어류가 감소하면서 서식지가 파괴되었기 때문이에요. 송이와 리오처럼 환경 보호를 실천해 나가야 분홍 돌고래 보뚜도 지킬 수 있답니다.

돌아온 송이

문밖에서 아빠와 엄마의 목소리가 들렸어요. 송이는 눈을 비비며 자리에서 일어났어요. 주위를 둘러보니 침대, 책상과 의자, 책꽂이 등이 아마존으로 가기 전과 똑같은 모양으로 제자리에 있었어요.

'방금 전까지 분명 아마존이었는데. 이건 꿈인가?'

송이는 볼을 꼬집어 보았어요.

"아야!"

아픈 걸 보니 꿈이 아닌 것은 확실했어요.

"드디어 돌아왔다!"

송이는 기쁜 나머지 폴짝폴짝 뛰었어요.

"송이야, 일어났니?"

"네! 일어났어요."

송이는 마음을 진정시키고 거울 앞에 섰어요. 거울에 비친 모습을 본 송이는 다시 한 번 깜짝 놀랐어요.

아마존에서 있었던 일은 꿈이 아니었어요. 송이의 얼굴에는 야노마미 족의 문양이 그려져 있었어요. 송이는 그 문양을 그대로 두고 싶었지만 부모님을 놀라게 할 순 없었어요. 그래서 재빨리 세수를 하고 방으로 돌아왔어요.

송이는 먼저 입고 있는 옷부터 살폈어요. 소매가 없는 상의에 짧은 반바지를 입고 있었어요.

"우선 옷부터 갈아입어야겠다."

송이는 편안한 긴팔 티셔츠와 긴바지로 찾아 입었어요. 소매가 없는 옷을 입었을 때보다 훨씬 따뜻했어요.

기분이 좋아진 송이는 책상을 훑어보았어요. 책상 표면은 송이가 그은 펜자국과 칼자국으로 흠이 많이 나 있었어요.

"함부로 써서 미안해."

송이는 책상을 어루만지며 말했어요.

"송이야, 아침 먹고 학교 가야지."

"네!"

식탁에는 가족들이 둘러 앉아 있었어요. 송이가 의자에 앉자 아빠
가 말했어요.

"웬일로 우리 송이가 긴팔을 입었어? 답답하다고 싫어하잖아."

"앞으로 겨울이면 집에서 긴팔에 긴바지를 입을 거예요. 그래야 보온도 되고 에너지를 덜 소비할 수 있잖아요."

아빠는 껄껄 웃으며 칭찬했어요.

"송이 덕분에 난방비 아낄 수 있겠네."

식탁 위에는 갓 지은 밥, 김치를 넣고 만든 국, 나물로 만든 반찬이 놓여 있었어요. 송이는 맛있는 냄새를 맡고 행복한 미소를 지었어요. 엄마는 송이에게 국을 덜어 주며 말했어요.

"송이야, 아침엔 일단 이렇게 먹어. 오늘 수업 끝나면 학교로 데리러 갈게. 햄버거 먹으러 가자."

송이는 젓가락으로 나물을 집어 올리며 말했어요.

"아니에요. 집에 엄마가 열심히 만든 반찬이 있는데 뭐 하러 밖에 나가서 먹어요. 나물이 이렇게 맛있는데."

송이는 아삭아삭한 나물을 밥에 얹어 맛있게 먹었어요. 엄마는 어른스럽게 말하는 송이가 기특했어요.

"정말 괜찮겠어? 네가 제일 좋아하는 소고기 버거 먹을 건데?"

송이는 나무들이 불타서 그루터기만 남아 있던 공터를 떠올렸어요.

그래서 고개를 저으며 말했어요.

"이제 패스트푸드는 줄일 거예요."

"우리 송이 다 컸네."

아빠와 엄마는 진심으로 기뻐했어요. 부모님이 좋아하는 모습을 보자 송이도 뿌듯했어요.

송이는 김치를 먹으려다가 그만 바닥에 흘렸어요. 순간 자기도 모르게 습관적으로 휴지를 향해 손을 뻗었어요. 하지만 이내 손을 거두고 걸레를 가져왔어요. 걸레로 닦자 바닥은 깨끗해졌어요. 송이는 이런 식으로 휴지를 아껴 나가면 되겠다고 생각했어요.

"송이야, 우유 한 잔 마시고 가."

엄마는 방에서 가방을 메고 나온 송이를 불러 세웠어요. 엄마는 송이에게 우유를 따라 준 다음, 빈 우유 곽을 그냥 재활용 쓰레기통에 버렸어요.

"어? 엄마, 그러시면 안 돼요."

"왜 그러니?"

송이는 쓰레기통에서 빈 곽을 주웠어요. 그리고는 주방으로 돌아가 빈 곽을 물로 깨끗이 헹군 후 납작해지도록 접었어요. 엄마는 부끄러워하며 송이에게 말했어요.

"엄마가 바쁘다고 아무렇게 버렸네. 송이야, 미안. 엄마가 송이한테 하나 배웠어."

"괜찮아요. 앞으로 잘하면 되죠."

송이의 어른스러운 말투에 아빠와 엄마는 한참 웃었어요.

오랜만에 학교에 오니 모든 것이 반가웠어요. 공부도 재밌었고 친구들과 대화를 나누는 일도 더 즐겁게 느껴졌습니다.

교실 안의 아이들이 열심히 그림을 그리고 있었어요. 송이는 하얀 도화지 위에 푸른 나무를 가득 그렸어요. 그리고 모노를 닮은 원숭이를 한 마리 그려 넣었어요. 그림을 보고 있으니 멀리서 새 울음소리가 들릴 것만 같았습니다.

송이가 아마존에서의 모험을 추억하고 있을 때, 송이의 짝꿍은 그림이 마음에 안 드는지 계속해서 도화지를 찢었어요.

"그만해."

송이는 짝꿍을 말렸어요. 그리고 서랍에서 이면지를 꺼내 짝꿍에게 건넸어요.

"도화지에 그리기 전에 여기에다 먼저 연습해 봐. 그럼 종이를 아낄 수 있잖아."

짝꿍이 툴툴거리며 말했어요.

"내가 산 도화지니까 내 마음이야."

송이는 조근조근 짝꿍을 설득했어요.

"물론 네 돈 주고 산 물건이긴 하지만 이 도화지를 만들기 위해 사라지는 나무들을 생각해 봐."

목소리가 커지자 모두 고개를 돌려 두 사람을 쳐다보았어요. 짝꿍은 민망한 듯 얼굴이 잔뜩 붉어졌어요.

"알겠어."

짝꿍은 송이가 건넨 이면지에 스케치 연습을 했어요.

그림을 완성시킨 송이는 붓을 내려놓았어요. 그림 안에는 푸른 숲과 동식물, 짙은 갈색빛 습지가 어우러져 있었어요. 송이의 그림을 본 선생님이 물었어요.

"뭘 그린 거니?"

"아마존이요."

선생님은 그림을 유심히 본 후 말했어요.

"아주 멋지구나. 잘 그렸다."

"실제로는 더 멋있어요. 아마존을 다 담아내기엔 도화지가 너무 작아요."

"실제로는 더 멋있다고?"

송이는 대답 대신 싱긋 웃었어요.

문득, 그림에서 무언가 하나 빠진 것 같은 느낌이 들었어요.

"아!"

송이는 리오를 떠올렸어요.

'난 분명히 아마존을 구해 달라고 했는데, 어째서 집으로 돌아올 수 있었던 거지? 혹시⋯⋯.'

그런 소원을 빌어 줄 사람은 리오밖에 없는 것 같았어요. 송이는 리오에게 고마움과 미안함을 동시에 느꼈어요.

'리오도 꼭 이루고 싶은 소원이 있었을 텐데⋯⋯.'

송이는 두 주먹을 꼭 쥐며 다짐했어요.

'내 소원을 대신 빌어 준 리오를 위해서라도 아마존을 지키는 데 앞장서겠어!'

송이는 원숭이를 사이에 두고 양옆에 자신과 리오를 그려 넣었어요. 그림 속에서 송이와 모노, 리오는 손을 마주 잡고 웃으며 서 있었습니다.

대한민국 대표 인성·환경·역사 교과서
왜 안 되나요 시리즈

어린이를 위한 습관의 힘 시리즈

탤리캣과 마법의 수학 나라 시리즈

말뜻을 알면 개념이 쏙쏙 잡히는 시리즈

세상을 바꾸는 멘토 시리즈

권당 12,000원 · 각 시리즈는 계속 출간됩니다